文庫書下ろし／長編時代小説

向《むこう》島《じま》綺《き》譚《たん》

読売屋 天一郎㈣

辻堂 魁《かい》

光 文 社

この作品は光文社文庫のために書下ろされました。

『読売屋 天一郎 向島綺譚』 目次

『読売屋 天一郎（四） 向島綺譚』 主な登場人物

水月天一郎《みなづきてんいちろう》——築地の読売「末成り屋」の主人。二十二歳の時に、村井家を出る。座頭の玄の市、御家人部屋住みの修斎、三流と出あい、読売屋を始める。

唄《うた》**や和助**《わすけ》——「末成り屋」の売子。芝三才小路の御家人・蕪城家の四男。

錦 修斎《にしきしゅうさい》——「末成り屋」の絵師。本名は中原修三郎。御徒町の御家人・中原家の三男。

鍬形三流《くわがたさんりゅう》——「末成り屋」の彫師であり摺師。本名は本多広之進。本所の御家人・本多家の二男。

壬生《みぶ》**美鶴**《みつる》——姫路酒井家江戸家老・壬生左衛門之丞のひとり娘。剣の達人でもある。

島本《しまもと》 **類**《るい》——姫路酒井家上屋敷勤番・島本文左衛門の孫娘。祖父の島本が壬生左衛門之丞の相談役で美鶴の養育掛のため、美鶴の監視役としてお供につけられた。

玄《げん》**の市**《いち》——南小田原町に住む五十すぎの座頭。天一郎たちの後援者でもある。

向島綺譚

読売屋 天一郎（四）

序章　顔見せ

木挽町広小路《こびきちょうひろこうじ》の賑わいが、料理茶屋の二階座敷にも聞こえていた。その二階座敷の連子窓《れんじ》から、両引きの障子戸を開け、二人の侍が広小路をいき交う人波を見下ろしていた。

二人の侍は、それぞれ仕たてのよい紺羽織《こんばおり》と薄鼠《うすねず》の羽織を着けていて、白い物がまじった髷《まげ》や顔だちは、年配と言っていい年ごろに見えた。

宗和膳《そうわぜん》を前にして対座し、染付《そめつけ》の徳利を同じ染付の盃へゆるゆると傾けつつ、さしたる言葉を交わすわけではなく、まるで川の流れを眺めるかのように、往来へのどかな顔を向けていた。

昨日までは春は名のみの寒い日が続いていたのが、今日は打って変わった穏やかな日和《ひより》になった。屋根庇《びさし》の上に、珍しく霞《かす》みのない澄んだ空が見え、連子窓の下の軒の平瓦《ひらがわら》を、日射しが白く照らしていた。

春は、一月下旬の午後である。

茶屋が面した広小路には、老若男女の往来がつきなかった。

行楽客が大道芸人をとり巻くざわめき、客引きの呼び声、小屋掛けの売り声、荷車ががらがらと通りすぎ、勧進《かんじん》を募る念仏や男女の嬌声《きょうせい》が雑多にあふれていた。

ふふ……

薄鼠の侍が、手酌《てじゃく》の盃を静かに舐めてから顔をほころばせた。

「賑やかだな。気が浮かれる」

そう言ったのどかな相貌は、侍の誇りや義や信、おのれを捨てて務めを果たす覚悟からくる謙虚さのような陰翳《いんえい》に隈《くま》どられていた。

「まことに、若い者が浮きたつ気持ちがわかりますな。この身の若きころが、思い出されます」

答えた紺羽織の侍は、薄鼠よりさらに十歳かそこら年配に思われ、髷はほぼ白髪で、しみの浮いた目元には幾重もの皺《しわ》が年輪を刻んでいた。

「梓弓《あずさゆみ》、春たちしより年月の、射るが如《ごと》くも思ほゆるかな……」

薄鼠の侍が、往来へ顔を向けたまま呟《つぶや》いた。

「は、なんと？」

紺羽織が聞きかえし、もの憂《う》く頷《うなず》いた侍はまた言った。

「光陰、矢の如しだ」

しかし広小路の賑わいは、座敷の穏やかな気配を損なうほどではなかった。連子窓や障子を透かした薄明かりが、座敷のほどよい静寂を包みこんでいた。

「島本《しまもと》、日中にこうして呑むのも悪くはないな」

「さようさよう、ご家老。たまの休みには寛《くつろ》いで、心身の疲れをほぐされるのがよろしゅうございましょう。今年もまた春が匂うております」

築地《つきじ》に上屋敷をかまえる姫路酒井《ひめじさかい》家江戸家老・壬生左衛門之丞《みぶさえもんのじょう》と、老侍は酒井家江戸屋敷勤番で、壬生の相談役を務める島本文左衛門《ぶんざえもん》である。

江戸屋敷大番頭《おおばんがしら》として壬生が江戸に赴任《ふにん》してから二十数年、江戸家老職に就《つ》いて十数年、その間、島本は補佐役および相談役として壬生に従ってきた。

上役下役ではあっても、二人のつき合いは長く、気心の知れた間柄であった。

壬生は盃をおき、連子窓ごしに往来を眺めている。

ふと、三十間堀《さんじつけんぼり》に架かる新《あたら》シ橋《ばし》の方から、軽々とした風情で往来を歩んでくる四人連れに、壬生の目が留まった。四人連れは着流しだけや半纏《はんてん》を羽織った町民風体ながら、歩み方や物腰になんとはない漲《みなぎ》る力が感じられた。

周りと、どこかしら違って見えた。

「島本、あれは？」

壬生が聞くと、島本は頭《こうべ》を廻《めぐ》らし、往来へ顔を向けた。

「や、きました。あの者らですぞ」

島本が、連子窓へ身を乗り出して言った。

「向かって右から、一番背の高い男が錦修斎《にしきしゅうさい》、隣の背の低い方が鍬形三流《くわがたさんりゅう》、次が例の水月天一郎《みなづきてんいちろう》、左の置手拭《おきてぬぐい》の男は唄《うた》や和助《わすけ》でございます」

四人を見つめる壬生は、「ふむ」と頷いたばかりだった。

「錦修斎の本名は、中原修三郎《なかはらしゅうざぶろう》。表台所組頭《おもてだいどころくみがしら》役の御家人《ごけにん》・中原家の三男で、先だって新番衆《しんばんしゅう》の旗本とひと悶着《もんちゃく》を起こしたのは、あの男でございます」

錦修斎は、立木のような痩軀《そうく》を恥ずかしげに丸めた背中に、束ねた総髪をだらりと垂らしている。

去年暮れ、湯島《ゆしま》の昌平黌《しょうへいこう》に通っていた十三歳の甥・道助《みちすけ》が、旗本新番衆の倅《せがれ》らのいじめが元で災難に遭《あ》って命を落とした。

修斎は単身、甥を災難に遭わせながら身分家柄をたてに責めを逃れようと図った旗本にはむかい、昌平黌で甥をいじめていた倅らに怪我を負わせた。

それがために修斎は、牢屋敷に入れられかけた。だが、事情が明らかになり入牢《じゅろう》をかろうじてまぬがれた。ひと悶着とは、その事である。

「背が高いのだな」

壬生が言った。

修斎の背丈の大きさと、唐桟柄《とうざんがら》ふうの半纏が目だっていた。

「六尺を一寸かそこら超えておるようです。末成り屋《うらなりや》の絵師の傍ら、町絵師としても錦修斎の名は近ごろ知られておると、新両替町《しんりょうがえちょう》の地本問屋《じほんどんや》の手代が申しておりました。上背があってひょろりとして見えますが、あれで自分の背丈ほどの用心槍《ようじんやり》を自在に操る腕利きでございます」

「見たのか」

「いえ、わたくしは見ておりません。美鶴《みつる》さまからおうかがいいたし……」

ふうん？　と壬生は呆れ気味にうめいたものの、あとは聞かず、

「鍬形三流は、小柄だな」

と、弁慶縞《べんけいじま》の半纏を着けた隣の男へ目を移した。

「五尺四寸ほどでございましょう。ですが、小柄ながらあの男、頑健な身体つきをしており、相当の力持ちらしゅうございます。本名は本多広之進《ほんだひろのしん》と申し、本所《ほんじょ》の御

家人で材木石奉行同心《ざいもくいしぶぎょうどうしん》の家の部屋住みでございました。十五歳のとき、浮世絵の彫師《ほりし》を生業《なりわい》にしております浪人者の家に養子縁組に出されたとか。表向きは養子縁組でも実情は口減らしの徒弟奉公だった、と本人は言うておるそうで」

「本多家を、出されたのか」

「で、ございましょうな。末成り屋では彫《ほり》と摺《すり》を、二人の職人を使ってこなしております。お佳枝《かえ》という女房がおり、女房は芝口新町《しばぐちしんまち》の船宿《汐留《しおどめ》》を営む女将《おかみ》です。町内一の美人女将と評判でございます」

「ほう、船宿の美人女将か」

「ただし、お佳枝は三流よりひと廻りほど年上でございます」

「ひと廻り？　三流は幾つだ」

「三十前後かと……」

「すると、女房は四十をひとつ二つ、廻っておることになるが」

「さようで。前の亭主との間にできた十歳になる倅がおります」

「前の亭主とはどうなった」

「さあ、死に別れたのやら離縁したのやら、それはどうも……そうそう、修斎の女房は、土手通りのみならず、尾張町《おわりちょう》や銀座町《ぎんざちょう》の一流料亭からお呼びのかかるお町芸者でございます。名は確かお万智《まち》。魔物のような妖《あや》しさがあると、この女も界隈《かいわい》では評判の……あ、誤解なきよう。それがしはお万智を存じませんぞ」

島本が余計な弁解をしたので、壬生はもの憂げに笑った。

「御家人の部屋住みとは言え、公儀直参《こうぎじきさん》の家の者が、町芸者や船宿の女将を女房にするか。時世だな」

「むろん、水月天一郎はまだ独り身でございますぞ。ご安心を」

島本がまた余計な事を言った。

壬生は、往来を茶屋の方へやってくる四人から目を離さなかった。

「天一郎の左隣の唄や和助は、名は蕪城《かぶらぎ》和助。これも細工頭《さいくがしら》同心の御家人・蕪城家の四男でございます。ほかの三人よりは五、六歳ほど若く、末成り屋の売子《うりこ》をやっております。売子は流行唄《はやりうた》などを唄いながら、字突《じっ》きで読売をぽんぽん叩いて売り歩いたりもいたしますが、和助の唄は調子がよくて存外いい喉《のど》をしており、売子としての評判は悪くはございません」

と、島本は聞いたことのある口ぶりである。

頭に置手拭をのせ、井桁《いげた》柄の草色を着流した和助の中背の風貌は、確かに四人の中では一番軽々として見えた。

「十二、三のころより文金風《ぶんきん》に拵《こしら》えて、盛り場を徘徊《はいかい》する悪童だったそうでございます。武家に生まれたとて身分と禄《ろく》はなく、明日をも知れぬ部屋住みの中には、正道《せいどう》からそれる者が出るのもやむを得ぬのかもしれません。その悪童が十九の若衆になったとき、水月天一郎がどういう経緯《いきさつ》でか売子に雇い入れ、それ以後は文金風を改め、末成り屋の売子として今にいたっております」

「蕪城家の方では、和助はどのような扱いになっておる」

「気にはかけておるようですが、修斎と同じく放っておかれておるようですな。とにもかくにも、おのれの稼ぎで食っておるのですから」

部屋住みではあっても、気ままな素行は許されない。上役に知られれば、本人のみならず、蕪城家が咎《とが》めを受けることもあり得た。

建て前はそうだが、移りゆく時世の尺度に建て前が合わなくなっている。

「無頼《ぶらい》の若衆が、いかがわしき読売屋ではあっても、おのれひとりの才覚で生きる道を見つけた、というわけだな」

四人は茶屋の前に差しかかり、往来を通りすぎようとしていた。

あの男は――と、壬生は呟いた。

壬生は四人を目で追いながら、三流と和助に挟まれた四人目の水月天一郎に気をそそられていた。

修斎ほどではなかったが、背の高い痩軀に、鳶地《とびじ》へ薄椛《うすもみじ》の格子縞の目色を染めた上着と、きゅっと締めた独鈷《とっこ》の博多《はかた》帯が似合っていた。

町民風体に剃った月代《さかやき》と小銀杏《こいちょう》、やや鷲鼻《わしばな》の尖った鼻、眉尻の上がった奥二重《おくぶたえ》の目、ひと筋に結んだ少し太めの唇と少々骨張った顎《あご》が、天一郎の顔つきを利《き》かん気な童子を思わせる気性に見せていた。

しかしそう見えながら、どこか光の背後に落ちる寂しげな影のような愁《うれ》いを男の容貌に覚えるのは、気のせいか、と壬生は思うのだった。

「水月天一郎の素性を、聞かせてくれ」

壬生は天一郎から目を離さず、島本に言った。

「あの天一郎だけが、元は旗本でございます。父親は水月閑蔵《かんぞう》。御先手組《おさきてぐみ》三百石の組頭を務めておりました」

島本は言った。

「もう三十年以上もたっておりますが、水月閑蔵を覚えておる者がわずかながら存命しており、閑蔵はとても有能でしかも人柄のよい男だったと、みな口をそろえておりました。御先手組の中では、右に出る者のない剣の腕前だったそうでございます。また花街《かがい》で浮き名を流す数寄者《すきしゃ》の遊び人だった、という噂も聞けました」

壬生は、ふむ、と吐息をこぼした。

「閑蔵が命を落としましたのは、闇討ちに遭ったとかだまし討ちに遭ったとか、当時は噂が流れたものの、真偽のほどは知れません。ともかく、天一郎が生まれて半年ばかりのころで、母親は離縁となり、赤ん坊の天一郎を抱いて水月家を出されたのでございます」

「離縁？　天一郎は、水月家の跡とりではなかったのか」

「そのはずでございました。ところが、閑蔵の急死の事情が不届きな所業ゆえと支配役に見なされ、水月家は改易《かいえき》にはならなかったものの、部屋住みであった二男が相続し、そのため母親は離縁になったようでございます。三年ばかりがたって、母親は旗本千五百石の村井《むらい》家に天一郎を連れて後添《のちぞ》いに入ったのでございます」

「旗本の村井家で、天一郎は育ったのだな？」

「はい。村井家は小普請《こぶしん》でございます。娘ばかりで男子がおらず、天一郎が娘のひとりの養子婿となり、村井家を継ぐことになっておったようでございます」

「それがなぜ」

「母親と村井五十左衛門《いそざえもん》との間に男児、すなわち天一郎の弟が生まれ、そうなると天一郎は邪魔にされ村井家を出ざるを得なかった、とかいう噂もございます。ですが、真偽のほどは……」

「弟ができなければ、千五百石の旗本を継いでいたのかもしれぬのか」

「かもしれません。ともかく八年か九年前、天一郎は村井家を出て、あの者らと共に読売屋を始めたのでございますが、読売屋を始めてからは、なぜか実の父親の水月を称しておるようでございます」

「複雑なのだな」

「まことに、いろいろありますようで」

島本が言ったときだった。

「天一郎さん……」

甲高《かんだか》い娘の声が、往来の賑わいの中に響いた。

その声は、朽葉《くちば》色に麻の葉模様を散らした振袖に、萌葱《もえぎ》のおいそ結びの広帯も鮮やかな十三、四歳の小娘だった。連子窓のすぐ下の往来で歩みを止めてふりかえった四人へ、人波を縫って小走りに近づいてくる。

片はずしの髪形と薄化粧の目尻に刷《は》いた紅で無理やり大人びさせた拵えが、可愛らしさの中に小生意気さをはじけさせていた。

あは、と壬生と島本の溜息がそろった。

島本の孫娘のお類《るい》であった。

ならば、とお類の後ろへ目を移すと、その女の歩む前の人波が自然に左右に分かれて道が開かれた。

「ご家老、美鶴さまですぞ。いやはや、美しい。こういうところでお見かけいたしますと、見慣れた屋敷内とは違い、また一段と輝いて見受けられます」

島本が連子窓へ顔を寄せて言った。

一輪のしのぶ髷に結った艶《つや》やかな髪の下に、美鶴の白い顔が輝いていた。

薄眉を刷いたきれ長の目に気高さと艶めきを湛《たた》え、ひと筋の鼻梁《びりよう》に続く赤い唇には、奔放さと愁いが燃えていた。

薄桃色の頬へ、ほつれ髪がはらりと戯《たわむ》れかかった様は、まるで描かれた美人画のように見える。縹《はなだ》色のちりめんの小袖と紺色の袴《はかま》を背筋がきりっとのびた痩身に着け、朱鞘《しゆざや》の二刀を若衆のように帯びていた。

「いつまでも男子《おのこ》のような形《なり》をしおって、困ったものだ」

壬生も連子窓へ顔を寄せた。

美鶴が形を小袖と袴を着けて男子のごとくに拵え、二刀を帯び、男子にまじって剣の稽古に明け暮れるふる舞いを、女だてらに、と壬生はやきもきして見ていた。たびたび苦言を呈したが、美鶴にはいっこうに効き目はない。

ああ、酒井家の美鶴どの、あのお転婆《てんば》の美鶴どの……

と、築地界隈の勤番侍や武家屋敷の家士らの間では、花も色褪《あ》せるばかりの美鶴の美貌と男勝りの気性は知れ渡っていた。

あれでは、嫁にもいけぬ。

壬生は思いながら、ふと、そんな美鶴を面白がっている自分に気づいた。

「それにしても、お類まで一緒になって、ずいぶんと楽しそうだな」

「若い者はよろしゅうございます。見ているこちらも楽しくなります。お類、美鶴さまのお側から離れてはならぬぞ」

島本は窓へ顔を寄せて呟き、孫娘のお類の様子に頬をゆるめている。

酒井家江戸家老・壬生家の息女ながら、奔放で自在にふる舞う美鶴の身を案じた相談役の島本が、孫娘のお類を美鶴のお供役につけた。

奥女中のお供役では「無理です」と、美鶴が承知しなかったからである。

「ならばせめて、お出かけの折りはお類をお供になされませ」

という次第になったが、お類は美鶴のお供役で出かけるのが楽しくてしょうがないらしく、近ごろは二人は姉妹みたいにいつも一緒だった。

なるほど、末成り屋の四人の男たちと美鶴にまじり、まだ幼さの残るお類が一番活発で、しかも大人ぶって見えた。

壬生は、四人と二人が言葉を交わし笑顔を交えつつ茶屋の前を通りすぎてゆく様子を追い、まぶしげに目を細めた。

「みな、楽しそうだ……」

壬生は繰りかえした。

前をゆく四人の後ろに、美鶴と天一郎が二人並んで歩んでいる。とき折り、顔を見合わせ、短く言い合っていた。

町民風体の天一郎と二本差しの若衆ふうに拵えた美鶴が、奇妙なとり合わせにもかかわらず、なぜかさり気ない様子で、似合って見えた。

有能で腕がたち、人柄もよく、しかしながら数寄者の遊び人の血をひき、か……

困った、これはまずいな、と壬生は思った。

日本橋の北詰から江戸橋にかけて、一日千両の賑わいに沸《わ》く魚河岸《うおがし》の河岸場に沿って、魚屋の板屋根が隙間なく並んでいる。

日本橋の堀を挟んだ魚河岸の南対岸が、四日市河岸《よっかいち》である。四日市河岸は木更津河岸《きさらづ》とも言われ、木更津船の江戸の荷揚場だった。

木更津せんげん白壁づくり　朝日夕日でかげがない……

と、船唄に唄われる上総《かずさ》の木更津から、五大力船《ごだいりきせん》が上総や安房《あわ》の人や物資を江戸に運んでいる。それが木更津船である。

同じ昼、大川《おおかわ》の河口あたりに停泊し木更津船から荷と人を移した艀《はしけ》が、大川より新堀《しんぼり》へ入り、南北新堀町、白壁造りの土蔵をつらねる茅場町《かやばちょう》と小網町《こあみちょう》の間を漕ぎのぼり、江戸橋をくぐって本船町《ほんふなちょう》にある魚河岸対岸の木更津河岸に着いた。

威勢のいい軽子《かるこ》らが艀の荷物を運び上げていくのにまじって、船客が歩みの板から河岸場へぞろぞろと上がっていく。

その船客の中に、編笠に黒木綿《もめん》の着物を尻端折《しりはしょ》りにし、黒の手甲脚絆《てっこうきゃはん》、黒足袋《たび》草鞋《わらじ》を着け、背には小葛《こつづら》を背負った三人の旅姿があった。

三人の様子は、年のころは三十すぎから四十前後。長旅をしてきたのか顔は日に焼けて頬がこけ、三人共に目つきの険しさが目だった。

旅の商人には見えず、と言って江戸見物のお大尽《だいじん》にも見えなかった。

木更津河岸は本材木町《ほんざいもくちょう》の名主の支配下にあって、河岸守《かしもり》がつめている。

河岸守が三人の旅人へ、かたどおりに「そこの旅の方……」と改めた。

「へえ。これは関東十八座の座元のひとつ、上総の東六《とうろく》さんの配下で操《あやつ》りを打って八州《はっしゅう》を廻っておりやす旅芸人でございやす。あっしは胴串を遣《つか》いやす十三蔵《とみぞう》。この者は左手を遣う猫助《ねこすけ》、こっちは足遣いの牛吉《うしきち》でございやす」

人形遣いにしては大柄な一番年かさに見えるひとりが、河岸守に言った。

操りとは操り芝居のことで、当代の操りはみな三人遣いである。

「ああ、操りの芸人か」

河岸守が十三蔵という芸人の、険しい顔つきと背中の小葛を見比べた。芸人は往来手形がなくとも、厳しくは咎《とが》められないのが通例である。

「江戸の逗留《とうりゅう》先は、どこだね」

それでも河岸守はもうひと言、確かめた。

「三田同朋町《みたどうぼうちょう》の、金平《きんぺい》さんの店でございやす。このたび、町内花街の催しの興行に操りを打ちてえと、金平さんより上総の東六さんにお声がかかり、東六さんの手配で、あっしらが木更津より先ほど江戸表に出てめえりやした」

「三田同朋町の花街？　ああ、三俣《みつまた》か。はいはい、ならばけっこう」

河岸守はそれで十分と思ったらしく、荷揚げをしている艀の方へ去った。

「いくぜ」

十三蔵は、猫助と牛吉へ目配せした。

へえ――と二人は、背中の小葛を小さくゆらして十三蔵のあとに従った。

三人は木更津河岸から、日本橋南の往来へとった。

往来は賑やかな大通りである。

広々とした青空が大通りの空高く覆《おお》っていて、いき交う人の顔つきや姿は違って見え、聞こえる言葉つきまで違って聞こえた。

十年ひと昔か……

十三蔵は往来を京橋の方へゆきながら思った。それから、

「懐かしい。十年たっても江戸は昔のままだ。お佳枝、とうとう帰ってきたぜ」

と、町並みを眺めて呟き、編笠の下で大きくひとつ息を吸った。

第一章　船宿の女

一

築地川《つきじがわ》に架かる萬年橋《まんねんばし》の西詰より土手道を南へ折れた一画に、板屋根や筵《むしろ》屋根の粗末な掛小屋《かけごや》やあばら家が、肩を寄せ合うように固まっていた。

掛小屋には、煮売《にうり》屋、縄暖簾《なわのれん》、長屋女郎がうろつく切見世《きりみせ》、木挽町広小路で稼ぐ大道芸人らが勝手に住みついているねぐら、などがある。

周辺一帯は、松平采女正定基《まつだいらうねめのしようさだもと》の屋敷が享保《きようほう》のころに替地《かえち》になった采女ヶ原《うねめがはら》という跡地の、東はずれである。

築地川の対岸は武家屋敷の土塀がつらなり、堤道の西側は采女ヶ原の馬場になっていた。馬場には貸馬師の馬が何頭もつながれ、掛小屋の集まった周辺にも、乾草《ほしくさ》や馬の臭いが絶えなかった。

粗末でみすぼらしい家並みはできているが、町家《まちや》ではないから町役人《ちようやくにん》はいない。

その掛小屋やあばら家の並ぶ中に、一棟の古びた土蔵が、左右の板屋根や筵屋根を見下ろして、築地川沿いの空へ瓦屋根を高々と持ち上げていた。

水月天一郎を頭に、絵師の錦修斎、彫りと摺りの鍬形三流、売子の唄や和助の四人が営む《末成り屋》の土蔵である。末成り屋は、

「読売は一本箸で飯を食い」

と、いい加減でいかがわしい稼業と世間から侮《あなど》られている読売屋である。

読売種《だね》には、火事、天変地異、仇討《あだう》ちに心中、政《まつりごと》、物盗り強盗、流行病などの風説《ふうせつ》種、神仏のご利益、畸人《きじん》伝、孝行美談などの閑《ひま》種などがあり、それらを歌祭文《うたざいもん》や数え歌の流行唄に乗せ、売子と三味線弾《しやみせんひ》きが唄い囃《はや》しながら売り歩く。

また風説種には、編笠に字突きの売子がひとり、読売を小脇に抱え、「評判、評判」「なんぞやかぞや」と、独特の言い廻しで売り歩く読売もある。

一月も末に近い下旬の夕刻六ツすぎ、金網で補強した格子窓つきの重たい樫《かし》の引戸が開けられ、土蔵の戸前に修斎と三流が一日の仕事を終えて出てきた。

修斎と三流は、この刻限まで残り、土蔵二階のそれぞれの仕事場で、末成り屋で

新しく売り出す絵双紙《えぞうし》の、修斎は絵に、三流は彫りにとり組んでいた。

手間どりの職人らは、七ツ半（午後五時）に帰している。

天一郎と和助は南御番所《みなみごばんしょ》の町方《まちかた》・初瀬十五郎《はつせじゆうごろう》の饗応《きようおう》があって、夕刻七ツ前に銀座町の料理茶屋へ出かけていた。

天一郎は、まれに初瀬を誘って酒を酌《く》み交《か》わし、「旦那、何か面白い話はありやせんかね」と、読売種を仕入れることがある。

そういうときは呑み食いの代金のほかに、白紙に包んだ心づけが要る。

年が明けて、売物になる読売種が少なかった。

修斎と三流は戸前の三段の石段を下り、宵の薄暗がりに包まれた堤道を萬年橋の西詰へとった。

萬年橋西詰から三十間堀に架かる新シ橋までの東西往来にかけて、夕暮れになっても人通りが絶えない木挽町広小路がある。その広小路と三十間堀に沿って続く土手通りの辻を、南の汐留橋《しおどめばし》の方へとる帰路である。

武家地の小路を抜ければ、近道になるのはわかっている。

けれども、広小路と土手通りの雑多で怪しい賑わいの町をゆき、何か面白い読売種はないかと探すのを口実に、小料理屋や煮売屋で一杯引っかけていくのが、二人

のいつもの通い道だった。その宵も、

「軽く一杯？」

「やるか？」

と、相談がまとまっていた。軽く一杯のつもりが、一杯ですまぬことはしばしばあったが。

修斎と三流は、今より十数年前のそれぞれが十八、十七のとき以来の仲である。二人に天一郎が加わって三人になるのはそれから半年後であり、三人で末成り屋を始めるのはさらに三年後である。

広小路に差しかかると、往来に二階家を並べる茶屋から三味線に鉦《かね》や太鼓を打ち鳴らすどんちゃん騒ぎが聞こえてきた。

酒場や食い物屋の旨《うま》そうな匂いがたちこめている。

看板行灯《あんどん》を灯《とも》した売卜《ばいぼく》の前に人だかりがあふれ、怪しげな見世物小屋の客引きの声や女のあけすけな嬌声が、往来に飛び交っていた。

六尺を超える修斎はひょろりとした背を丸め、五尺四寸の三流は分厚い胸を幾ぶん反らし、末成り屋で売り出す絵双紙と売れゆきを競うことになる、鳥居清長《とりいきよなが》ら当代の絵師や地本問屋で今評判の読本《よみほん》などの話題で、話がつきなかった。

三十間堀に架かる新シ橋の東詰まできたとき、声が聞こえた。

「広之進、広之進……」

三流が、ぎょろ、と相手をつい睨《にら》みつけてしまう目を声のする方へ向けた。

目の下にちょこんとのった団子鼻と唇をむっつりと結んだ無愛想な丸顔が、右や左へ声の主を探した。広之進は三流の本名である。

「三流、河岸場だ」

背の高い修斎が、人通りの頭越しに新シ橋袂《たもと》の河岸場へ長い手をかざした。

河岸場の歩みの板のそばに、一艘の屋根船が舫《もや》っていた。屋根の下の引違いの障子戸が一尺ばかり開けられ、三流の兄の本多新太郎《しんたろう》が、ここだ、というふうに手を小さくふっていた。

「なんだ。兄だ……」

三流が河岸場の屋根船を見やって、白けたふうに呟いた。

「ほう、あの人が兄さんか。呼んでいるぞ」

「面倒だな。修斎、ちょっと待っていてくれ」

三流はずんぐりとした肩幅のある体軀《たいく》をゆさぶり、河岸場へ近づいていった。

歩みの板を鳴らし、新太郎が障子戸を開けてにたにた笑いを浮かべ、屋根船の傍らへかがんだ。

行灯の明かりに照らされた船の中に、人の姿が見えた。

兄嫁の安江《やすえ》と、ほかに三人がいて、うろ覚えながら見覚えがあった。

あれは市川《いちかわ》夫婦と、もうひとりは、そうだ、市川家の春世《はるよ》だ。ちらと見えただけだが、三流はすぐに気づいた。

若めに拵えた赤い花柄の衣装が、春世の風貌と合っていなかった。まずいな、と思ったが逃げるわけにはいかなかった。仕方なく三流が言った。

「兄上、こちらに御用ですか」

「今まで仕事か」

「はい。少々忙しいのです」

新太郎が、後方の修斎へ三流に似たぎょろとした目を投げた。

「あの大男は、末成り屋とかの朋輩《ほうばい》か」

「末成り屋の絵師の錦修斎です。近ごろ名が売れ始めて……と言っても兄上はご存じないでしょうが、《築地十三景》という絵双紙を板行《はんこう》することになっています」

「絵双紙を売り出すのか。妙な形《なり》をしておるな」

「形で絵を描くのではありません。才で描くのです。御用はなんですか」

「おまえを呼びにいこうと思っていた。都合よく通りかかったのが見えたのだ。話がある。乗れ」

「これから修斎と、いくところがあるのです」

「どうせそこら辺の煮売屋で、安酒を呑むだけだろう」

新太郎は三流へ顔を戻し、鼻で笑った。知ったふうな物言いが小癪《こしやく》である。兄弟ながら、気性が合わなかった。

「どこで呑もうと、わたしの勝手でしょう。話なら後日にお願いします」

「大事な話なのだ。いいから乗れ」

三流はまた、ちら、と障子の中を見た。一瞬、春世と目が合った。

「大事な？　まさか、去年の話を蒸しかえすのではないでしょうね」

声を忍ばせて言い、新太郎を睨んだ。

「蒸しかえすも何もあるものか。話はまだ続いておる」

「はっきりとお断りしたでしょう。わたしには女房がおるのです」

「お佳枝という卑《いや》しき女を、本多家は認めるわけにはいかぬ。侍ならば、家の許しも得ず、そんな勝手な真似が許されるわけがなかろう」

「おやめください。侍と言っても高々数十俵の、暮らしもままならぬ御家人の家なのですよ。そのためわたしは、養子に出されたのです。すなわち今わたしは、本多家の者ではありません」

「養家とは十年も前に縁がきれておるではないか。養家から戻されたなら、本多家の者だ。おまえが高々数十俵と軽んじてもだ。本多家には本多家の慣《なら》わしがある。本多家の者はそれに従うのが筋だ」

「十年もほったらかしにしておいて、よくもそんなことが言えますね」

「確かにおまえにはつらい思いをさせた。だから、父上も母上も養家を追われたおまえを不憫《ふびん》に思い、したいようにさせて見守っていたのだ。ほったらかしていたのではない。わたしがしばらくは広之進の好きにさせてやりましょう、と父上と母上に言ったのだ」

「物も言いようだ。ならばこれからもしたいようにさせ、見守ってくだされ」

「おまえはもう三十だろう。読売屋などと、埒《らち》もない生業とは縁をきり、侍の本分に戻ってよいころ合いだ。だからしつこく言うのだ。全部おまえのためではないか。ふしだらな暮らしをやめ、まっとうな大人に戻れ。あ……」

と、新太郎が三流の背後へ目を投げた。ふりかえると、修斎が河岸場にきて三流と新太郎を見ていた。

「三流、今日は帰る。またにしよう」

修斎が河岸場から言った。

「すまん、修斎。明日、事情を話す」

「気にするな。では明日また」

言い残して修斎は、土手通りの人中を去っていった。修斎と女房のお万智が暮らす住まいは、木挽町六丁目の裏店《うらだな》である。

「ふん、いかがわしき読売屋でも、それなりに気遣いができるではないか。さすがは侍の血筋だな」

おのれはどうなのだ、他人のことより自分のことを言え、と三流は町の灯が暗い水面に映る三十間堀へ顔をそむけ、こっそりと吐き捨てた。

しかし、聞こえているのか聞こえていないのか、子供のころは短気で弟の自分を殴ってばかりいた兄が、今宵は薄笑いを浮かべて平静を装っている。

去年の暮れ、父親の庄五郎《しようごろう》に小普請役の同じ御家人である市川繁一《しげかず》より、広之進の市川家婿養子入りの申し入れがあった。

婿入りの相手は、市川家の春世である。

市川家は同じ本所南割下水《みなみわりげすい》の近所にあって、三流より三つ年上の童女だったころの春世の面影を、おぼろに覚えている。

口数の少ない、幼い三流には恐い感じのする近所の姉さんだった。可愛い、と思ったことはなかった。

市川家には春世しか子がおらず、小普請の御家人とは言え、市川家を継ぐのは春世の婿になるはずだった。すなわち、十五歳の春に本多家を出された三流が、公儀直参《じきさん》の御家人・市川広之進を名乗ることができるのである。

しかも市川繁一は、表向きは本所の貧しい小普請の御家人でありながら、小禄の武家を相手に手広く金貸しを営んでいて、市川家の台所はきわめて豊かだった。

市川家に婿入りをすれば、ひと廉《かど》の御家人の家の主人となり、そのうえ何不自由ない暮らしが約束されていた。

今は隠居の身の庄五郎と民《たみ》の両親、新太郎と安江の兄夫婦は、これ以上めぐまれた縁談はないと、しきりに勧めた。

新太郎が市川家に借金を抱えているらしいことは、察しはついた。三流が市川家に婿入りすれば、本多家の借金は棒引きになるのかもしれなかった。

だが三流は、この話をとり合う気はなかった。

歳はひと廻り上だが、三流にはお佳枝という女房と、お佳枝の連れ子の桃吉《とうきち》という九歳になる倅がいた。お佳枝と桃吉との暮らしを変えることなどできなかったし、その気もなかった。三流は断った。

「それはできません」

「今すぐに返事をしなくともよい。みなにとって何が一番いいことか、大人になってよおく考えることだ。返事はそれから聞く」

その場ははぐらかされた。

年が明けたこの正月、三流は両親と兄夫婦に春世との縁談の断りを入れた。

「これほどのめぐまれた話を、おまえ、気は確かか」

父親の庄五郎が顔をこわばらせて言った。母親の民は泣き、義姉の安江は、

「本当にわかっているのですか。この機会を逃したら、御公儀直参の身分には二度と戻れないのですよ」

と、お歯黒をむき出して繰りかえした。

ただ、あのとき新太郎は、「この馬鹿が……」とでも言いたげに、不機嫌そうに顔を歪《ゆが》めて黙りこんでいた。

あれから二十日余がたち、婿入り話はもう終わったものと思っていた。

ところが新太郎は、本気でこの話を蒸しかえす気なのだ。

「ようよう、なかなかの似合いではないか」

新太郎が手を打って言った。

「本当に二人が並ぶと、共に武家の血筋らしく威厳があって、清々《すがすが》しいですわ。血筋は争えませんわね」

安江がお歯黒を光らせた。

三流は、狭い屋根船の中の春世の隣に無理やり坐らされていた。

二人に向き合って市川夫婦が対座し、両者をとり持つように新太郎と安江が片側の障子戸を背に坐っていた。

それぞれの前には、小さな膳と提子《ひさげ》の酒の支度が調《ととの》えられていた。

市川夫婦は無理やりな笑みを浮かべ、三流の身形や顔だち、仕種《しぐさ》のひとつひとつを用心深く見守っていた。

隣の春世は、息苦しそうに胸をはずませていた。

横顔しか見ることはできなかったが、濃い白粉《おしろい》の下の突き出した赤い唇とふくれっ面《つら》がわかった。若やいだ橙《だいだい》色の小袖に、赤い牡丹《ぼたん》の花柄がけばけばしく、春世に似合っているとは思えなかった。

近所の恐い感じのするお姉さんだった春世の面影を思い出した。

うわべだけでももう少し愛想よくした方がいいのだが、と思いつつ、春世の婿に相応《ふさわ》しい男かどうかを見定めようとしている市川夫婦の懸命さが感じられ、この話を受けることはできないのに、こうしている自分を申しわけなく思った。

これまでにいろいろと、春世の婿とりの話はあったが、うまく運ばなかった。このままでは、と市川夫婦は焦り、自分のような男にまで婿入りの話が廻ってきたのだろう、と察せられた。

そう思うとよけい、市川夫婦の無理やりな笑みが痛々しかった。

屋根船は夜の帳《とばり》がすっかり下りた三十間堀を、新シ橋から紀伊國橋《きのくにばし》の方へ、櫓《ろ》を軋《きし》ませゆっくりと漕ぎ進んでいた。

広小路の賑わいはすぐに消え去り、川端の船宿や茶屋の明かりが夜の水面に落ちるしっとりとした景色が、半ば開けた障子戸から眺められた。

粋にかき鳴らす三味線の音が、冷たい夜気の中に流れていた。

「広之進どのは、読売屋を生業になさっているとうかがいましたが、読売屋でどのような仕事をなさっておられるのですか」

市川繁一が笑みのまま、やおら訊いた。

「はい。板木の彫りと摺りを、職人を使い、こなしております」

「読売は土板木《つちはんぎ》と聞いております。広之進どのの読売は板木なのですか」

「土板木もありますが、わたしは板木を使っております。板木は彫った面を削りなおして繰りかえし使えます。わたしは十五のときに彫師の家に養子となり、板木の彫りの技を仕こまれました。養子と申しましても、実情は徒弟奉公でしたが」

「庄五郎どのからうかがっております。いろいろ苦労をなさったそうですな。だが苦労は無駄にはなりません。苦労は必ず実を結ぶ。若いうちは買ってでも苦労をした方がいい。夫婦の値打ちは、苦労にあるとも申せますぞ」

「さすがは市川さん、仰《おつしや》ることが違います。とても深い。そういうご人徳が、今の市川家の隆盛《りゆうせい》をもたらしたのでしょうな」

新太郎が大袈裟《おおげさ》に言った。

「いやいや、とんでもない」

と、市川はまんざらでもなさそうに首を横にふった。

「春世、自分が食べてばかりおらず、広之進どのにお酌をして差し上げなさい」

言われた春世が、地黒がわかるむちむちとした手で提子《ひさげ》の柄《え》をとり、「どうぞ……」と三流へ差した。

頭を垂れてそれを受けていると、市川が訊いた。

「読売の仕事は、やめることは差し支えないのですか」

「あの、それは……」

言いかけたところを、新太郎がさえぎった。

「読売屋など、まともな仕事ではありませんから、いつやめようが、差し支えがあるはずはありません。若いころは悪ぶって、あたり前の道からわざとはずれてみたり、無頼なふる舞いを真似るのが面白かったりしますが、まあ、流行病みたいなものです。そういう病を克服して、人は一歩一歩成長していくのです」

「そうですわね。人はみなそうやって、目上の方々の恩を受けながら大人になっていくものですね」

安江が、三流に言わせずに答えた。

「どうですか、広之進どのは算盤《そろばん》はおできになりますか」

市川が三流から目をそらさずに、また訊いた。

「算盤を、ですか。は、はい。少しは」

「おお、算盤がおできになる。それは大したものだ」

「なんだ、広之進は算盤ができるのか」

意外そうに目を見開いて、新太郎が言った。

「末成り屋は四人しかおりませんので、みなで手わけし、なんでもやらねばならないのです。読売だけを作っていればいい、というわけには……」

「市川さん、実は広之進はわたしより優秀な男なのです。わが家の家督《かとく》は長男のわたしが継ぎましたが、父は二男坊の広之進の力を惜しみましてね。この子が長子であれば、とよく言っておりました」

新太郎は見え透いた言葉を並べた。

「それは、それは……」

と、市川はにこやかに頷いている。

「広之進、存じておろうが、市川さんは多くの方々に必要とされる金銭を融通なされ、世のため人のためにつくしておられる。のみならず、本両替町《ほんりようがえちよう》の大店の両替商とも昵懇《じつこん》のご関係を築かれ、金銭を自在に働かせておられる。御公儀のお役目を果たされながら、大店の両替商と対等に渡り合っておられるのだ。われらなど、とても真似のできる技ではない」

「それしきのこと、大した真似ではありません。ですが、わが市川家の掛《かかり》の両替商の手代どもは、年は若いが、目から鼻へ抜けるというか、凄まじいほどみな頭がきれる。われら侍は腰に刀を帯びておりますが、あの手代どもは頭の中に鋭い刀を帯びておるのですな。血は出ぬが、国をも滅ぼしかねぬ刀をです」

「ほう、頭の中に刀を帯びておるのですか」

「さよう。あの商人どもは商いを戦《いくさ》だと、考えておるようですな」

「商いが戦だと。なるほど。侍もうかうかしておれませんな」

「よって御老中の田沼《たぬま》さまは、商人どもに戦をしたいようにさせ、戦利品、すなわち商いの儲《もう》けが増えればお上に入る冥加金《みようがきん》や運上金《うんじよう》を増やせる、という狙いに基づいて政を進めておられるのです」

「つまり、市川家もますます戦利品が増えることに、相なりますな」

新太郎が言うと、市川とふたりして無粋《ぶすい》な笑い声を三十間堀へまき散らした。

新太郎と市川のまき散らしたがらがらと濁った笑い声は、三十間堀の水面を転がり、紀伊國橋の方よりいき違いに近づいてきた一艘の屋根船にまで聞こえた。

その屋根船には、築地に上屋敷をかまえる姫路酒井家の家士が数名と、江戸家老の壬生左衛門之丞の息女・美鶴、壬生の相談役・島本文左衛門の孫娘のお類が乗り合わせていた。

その日、新川《しんかわ》の酒井家御用達《ごようたし》酒問屋・扇屋角平《おうぎやすみへい》の店でささやかな祝い事があり、美鶴が父・左衛門之丞の使いで、祝いの品を届けた戻りだった。そこに、美鶴のお供のお類と、さらに二人の供役を命ぜられた家士が三人がいた。

美鶴はむろん、二刀を帯びた若衆のごとき拵えである。

濃紺の小袖に仙台平《せんだいひら》の袴の清楚《せいそ》な扮装《ふんそう》は、かえって美鶴の輝くばかりの美しさを屋根船の行灯の明かりの中に際だたせている。

祝いの酒宴が思いのほか長くなり、戻りが宵闇の包むこの刻限になった。

美鶴は端然《たんぜん》と着座し、障子戸を開けた船縁《ふなべり》から吹きこむ宵の川風に、わずかな酒で火照《ほて》った頰を打たせていた。一輪に結ったしのぶ髷のほつれた髪が、心地よさげにゆれている。

お類は、両肘とあどけない白い顔を船縁にのせて、ゆらゆらとすぎゆく川面の景色をうっとりと眺めている。

お類は小娘のくせに、美鶴が止めるのも聞かず、「だってお祝いの席ですもの。ひと口だけですから」と言いながら盃を上げて、やはりひと口ではすまず、足どりがおぼつかない始末である。

「だから言ったでしょう」

美鶴に叱られても、「だって、だって……」とお類は平気である。

というのも、酒宴の席で扇屋角平から、一月末の森多《もりた》座正月興行楽日《らくび》の芝居見物の招きを受け、「父に伝えます」と美鶴はこたえたけれど、お類は勝手にその気になって大はしゃぎだったのである。

しかしながら、戻りの船ではさすがに眠くなったのとくたびれたのとで、お類はもうはしゃがなかった。供の家士らも、あくびを嚙《か》み殺したりしていた。

そんなところに、紀伊國橋の方へいき違う屋根船から、心地よい川風を乱すような無粋な笑い声が聞こえてきたのである。

「あら」

笑い声に驚いて船縁から顔を上げたお類が、いき違う屋根船を見やって、意外そうな声をもらした。

「美鶴さま、あれ、三流さんではありませんか」

お類が美鶴の方へふり向いた。

美鶴はすでに気づいていて、川面へ目を投げたまま頷いた。

一方の三流は、いき違う屋根船の美鶴たちに気づいていなかった。

三流は叱られた子供みたいにうな垂れて肩を落とし、三流の隣には女性《によしよう》が並んで坐っている。

女性は、お類よりも若やいだ花柄の振袖に、頭は大きな島田《しまだ》に結っていた。白粉顔に一重の細い目と獅子鼻が目だち、紅の濃い唇の口角がさがって、かなりの年増に見えた。

微笑《ほほえ》みもせず提子を差し、三流は頭を垂れてそれを受けていた。

二人のほかにも、何人かの人影が見えた。

「美鶴さま、三流さんの隣の方、どなたでしょうか」

美鶴は見てはいけないものを見た気がして、黙って目をそらした。

「なんだか三流さん、変な様子ですよ。照れ臭そうにも見えるし、まさか、三流さんの婿入り話の方ではないでしょうね……」

三流に婿入り話があった経緯を、この正月、美鶴たちは聞かされていた。

お類は帯の結び目を美鶴へ向け、いき違う屋根船へ目を凝らしていた。

「お類、およしなさい」

美鶴はお類の背中に言った。

「は、お嬢さま、何か御用でございますか」

と、前の方に端座している家士のひとりが、美鶴へふりかえった。

「いえ。いいのです。お類」

美鶴が家士へ一瞥《いちべつ》を投げ、すぐにお類へ言った。

「駄目です。三流さん、こっちに気づいてくれません。呼んでみましょうか」

無邪気に手をかざし、「さんりゅ……」と言いかけたお類の後ろから、咄嗟《とっさ》に手を押さえ、口を掌で覆った。

いけませんっ――と、お類の耳元に厳しく言った。

「うん？　ううん」

お類が駄々をこねるみたいに、背後から抱き留めた美鶴を見上げた。

その仕種を見て、家士らが笑った。

三流がこちらの船へは目を向けぬまま、いき違いの屋根船は紀伊國橋の方へ漕ぎすぎていった。

二

翌日は、春は名のみの冷たい雨が降った。

みぞれになりそうなほど、寒い朝だった。

汐留、と町内一円を呼ぶ界隈の、芝口橋《しばぐちばし》と汐留橋の間の船着場にある船宿《汐留》の前土間を、使用人の女が掃いていた。表の軒から落ちる寒々とした雨垂れにまじり、さあ、さあ、と女の使う神田《かんだ》箒《ぼうき》が土間に鳴っていた。

女将のお佳枝は、勝手の土間の格子戸を引き開け、店の間から通路をまたいで二階へのぼる階段の下をくぐった。店の間伝いの折れ曲がりの土間に下駄《げた》を鳴らし、前土間へ出て使用人の女に声をかけた。

「掃除はすんだかい」

「はい、女将さん。ここで終わりです」

「そう、綺麗になったね。看板行灯はこの雨だから、出さなくていいからね」

「はい、女将さん。看板行灯はこの雨だから、出しません」

「ここがすんだら、火鉢に火を入れてくれるかい」

「はい、女将さん。ここがすんだら、火鉢に火を入れます」

お佳枝は女に笑いかけた。二人の息が白くなった。

店の間には大きな欅《けやき》の角火鉢がある。客はそこで船の支度を待ちながら、一杯やったりもする。

店の間の二階へ上がる階段わきに、半暖簾のさがった出入り口が見える。出入り口の中が台所と内証《ないしょう》の二部屋になっていて、その奥をお佳枝と三流、そして十歳になる倅の桃吉の住居に使っていた。

お佳枝は、表の腰高《こしだか》障子を一尺ほど両開きにした。そのとき掃き掃除の女は、お佳枝の長くすっとしたうなじを見て、綺麗だと思った。

ととと……

軒庇《のきびさし》から落ちる雨垂れが寂しげな音をたて、灰色に染まった汐留川に冷たい雨が降りしきっていた。芝口橋袂の汐留大河岸に舫う数艘の荷足船《にたりぶね》や屋根船、一挺《いっちょう》櫓《ろ》の猪牙舟《ちょきぶね》が、見捨てられた残骸みたいに雨に打たれていた。

普段の朝なら、軽子らが船荷の荷運びをしてまだ賑やかな刻限だが、今朝は人影が見えず、大河岸はひっそりと静まりかえっていた。

ただ河岸場の傍らの掛小屋から、薄い煙が上がっている。

芝口橋を渡る人の姿はなく、芝口橋から東方の汐留橋の方へ目を移すと、汐留川の対岸と汐留川から分かれる三十間堀の両岸につらなる土手蔵が、降りしきる雨の下で息をひそめ、ひどくうらぶれて見えた。

汐留橋は、打ちひしがれたみたいに冷たい雨の中に煙《けぶ》っていて、やはり人影はなかった。見上げた空には、薄墨色の雨雲が果てしなく垂れこめている。

一匹の野良犬が、雨に煙る汐留橋をくれまどうかのように、いったりきたりしながら渡っていくのが哀れげだった。

お佳枝は、白い息をひとつ吐いて、腰高障子を閉めた。

さあ、さあ……

女の掃き掃除がまだ続いていた。

頼んだよ――と女に言い残し、折れ曲がりの土間から勝手の土間の方へ戻った。

今朝、南八丁堀《みなみはつちようぼり》の炭問屋に使いを頼んだ汐留の老船頭は、まだ帰っていない。

老船頭は、汐留のすぐ後ろの甚太郎店《じんたろうだな》に女房と住んでいる。

こんな雨の日なので客がくるはずもなく、船頭は閑《ひま》なので「いってきやす」と、半刻《はんとき》（一時間）前に出かけていった。

朝の支度に使った竈《かまど》の残り火が、勝手の土間と台所を暖めていた。

流し場のそばに、破籠《わりご》をくるんだ風呂敷が二つ並んでいる。亭主の三流と手習《てならい》所《じよ》へ通う倅の桃吉の弁当である。

船宿《汐留》の女将は、汐留界隈では美人女将で評判だった。ただ、評判の美人ながら、船宿のさばさばした女将らしくないわけありふうな暗みがある、と言われるのが、お佳枝の容貌の難点だった。

だが、それはお佳枝にはわからぬ事で、こんなものですよ、と自分に言い聞かせるしかなかった。

お佳枝は台所に上がり、両親の仏壇のある居間へいった。

夫の三流が、引違いの腰障子を開けて、濡れ縁のそばで板木の彫に使う小刀を並べて研《と》いでいた。濡れ縁と隣の敷地を分ける板塀の間に、隙間ほどの小さな庭がある。つつじの灌木《かんぼく》が寒そうに雨に濡れていた。

濡れ縁の庇からも雨垂れが雫《しずく》を落としている。

三流の猫のように丸めた背中が、静かにゆれていた。雨の朝の薄明かりが、やわらかく三流をくるんでいた。

「あんた、寒くないの」

お佳枝は、ずんぐりとした三流の背中に声をかけた。

「うん。大丈夫だ。もう終わる」

調子をとってゆれる背中が言った。

お佳枝は三流の背後から、短いけれども太くてごつごつした指が小刀の刃先を押さえて砥石《といし》をすべらせる様子をのぞいた。大工の使う鑿《のみ》のような小刀から錐《きり》みたいに細い刃先の小刀までが、砥石の傍らに並べてある。

その小刀を仕舞う小さな籐《とう》の行李《こうり》とお佳枝の拵える弁当を持って、三流は毎日、築地川沿いの末成り屋に出かける。

三流が元は本所の御家人の部屋住みで、彫師の家に養子という形で徒弟奉公に出された事情は聞いている。彫師も浪人だったそうだから三流は侍なのだろうが、お佳枝は三流が自分の夫になってから、刀を差している姿を見たことがない。刀を捨て侍を捨てたのか、お佳枝は知らなかったし、そんなことはどうでもよかったから、訊ねはしなかった。

ただ、総髪を束ねて仮に結ったふうな髷をのせた様子が、町民らしくなかった。

「ああ？　どうした」

三流が背後のお佳枝を見上げて言った。

「なんでもないの。桃吉は？」

「さっき声をかけたら返事があった。まだぐずぐずしているようだ。桃吉」

と、顔をひねって呼ぶと、「すぐいく」と、幼い声がかえってきた。

濡れ縁とは反対側の廊下の方に障子戸があって、細い廊下を挟んで三畳の部屋がある。三流が《汐留》の下働きに雇われたころ、その部屋に寝起きしていた。桃吉が三十間堀五丁目の手習所に通う年ごろになってからは、桃吉が使っている。

「桃吉、そろそろだよ」

お佳枝が障子戸の方へいきかけた。すると、桃吉が手習帳と道具箱の包みを提《さ》げて現われた。

「どうしたの。ずいぶん支度に手間どったね」

「うん。髪がさ、ちゃんとならないんだよ」

桃吉が束ね髪に束ねきれず、ぴんぴんと跳ねた髪を掌で押さえた。

「寝相が悪いんだから仕方がないよ。それとも、ほかの子みたいに、前髪を残して剃るかい」

「いやだよ」

前髪を残して剃るのが童子の普通の髪形だが、桃吉は古い束ね髪にしている。

「いいじゃないの、これぐらい」

お佳枝が桃吉の跳ねた髪を、ぽんぽん、と叩いた。

三流が研ぎ終わった小刀を、籐の行李に仕舞いながら笑った。

お佳枝は台所に戻り、勝手の土間に下りた。

三流と桃吉が着ける紙合羽《かみがっぱ》と菅笠《すげがさ》を、土間の納戸《なんど》から出した。台所の上がり端《はな》に並べ、弁当の包みをわきにおいた。

こんな日だから今日は閑だろうね、とお佳枝は思っていた。

すると、勝手の格子の引戸がそろそろと開いて、前土間の掃き掃除をしていた女が神田箒を手にしたまま、「女将さん……」と、顔をのぞかせたのだった。

「ああ、掃除が終わったら……」

「あのう、人が、見えてます」

女の顔つきが、少し訝《いぶか》しげだった。

「あら、そう。もうお客さん？」

「そうなんですけど、でも……」

と、女は戸惑っているみたいだった。

「どうしたの」

「女将さんを、あの、お佳枝さんを呼んでくれって。男の人が三人です」

「お佳枝って、名前を言ったの？」

女は黙って頷いた。

お佳枝はちょっと不審を覚えた。誰だろう。勝手から折れ曲がりの土間に下駄を鳴らした。雇いの女が、お佳枝の後ろについてきた。

前土間の白い表障子戸を背に、黒い三人の人影が佇《たたず》んでいた。

三つの影が、前土間の手前で立ち止まったお佳枝をじっと見つめていた。

菅笠をかぶり、引き廻しの合羽を着ていて、旅姿の風体だった。菅笠からも引き廻し合羽の裾からも、雫が土間に垂れていた。

お佳枝の胸の動悸《どうき》が、急速に激しくなっていた。一歩、そして半歩、と踏み出した下駄が、がら、と不安げに鳴った。外の雨垂れの音が聞こえていた。

「お佳枝、久しぶりだな。おれだ」

低く張りのある声が、薄暗い前土間に流れた。

男は菅笠をとり、引き廻しの合羽を脱いで、後ろの男に渡した。後ろの二人は手下らしく、菅笠も合羽もとらなかった。

「十三蔵さん……」

お佳枝は、自分自身に呟きかけるように言った。

「ふふ、覚えていてくれたかい」

十三蔵が、青白くのっぺりとした面長《おもなが》に怪しく光る眼差しを、お佳枝にそそいでいた。お佳枝は十三蔵の低い声と眼差しに押され、半歩退いた。

何しにきたの、と思ったが、言葉が出なかった。

「十年がたった。長すぎたが、仕方がなかった。それでも、おれだっておめえのことを忘れたことはねえ。ちゃんとこうやって、会いにきたぜ」

十三蔵は、頬を引きつらせて笑った。

自信にあふれた言いぐさは、若いころの十三蔵を思い出させた。その自信が、懐かしさより、遠い昔に捨てたはずの悔しさを思い出させた。

お佳枝は黙っていた。どうしていいのか、わからなかった。

「この船宿は古びたが、おめえは変わっちゃいねえ。昔のままだ。いや、昔よりもっといい女に、なったじゃねえか」

「女将さん、上がってもらいますか」

女が気を利かし、後ろでささやいた。

お佳枝は、どうしていいのか、わからなかった。

「江戸へくる前、いや、戻る前、汐留はもうなくなっているかもしれねえ、と心配だった。けど、さすがはお佳枝だ。女手ひとつで、よくやっているじゃねえか」

女手ひとつ、と言われて、お佳枝はようやくわれにかえった。

亭主の三流と倅の桃吉が出かける。見送らなきゃあ、と思った。

「大《て》えしたもんだ。おめえは娘のときから、しっかりもんだった。汐留のひとり娘のお佳枝は器量よしで、どんな亭主を迎えるのだろうと、噂にもなったよな」

十三蔵が踏み出すと、お佳枝が退き、がら、とまた下駄が鳴った。そのとき、

「お佳枝、どうした」

と、後ろに三流の声がした。ふりかえると、ずんぐりとした体軀に菅笠に紙合羽を着けた三流と幼い桃吉が、折れ曲がりの土間に立っていた。

「あんた」

思わず、呼び慣れた名が口をついて出てから、十三蔵を見かえした。

十三蔵が冷たい眼差しを、お佳枝の後ろの三流と桃吉の方へ投げた。

「あんた？　おめえの亭主か」

「わたし……」

お佳枝は言いかけて、言葉を途ぎらせた。

十三蔵は三流と桃吉を交互に見つめ、「なるほど、亭主かい」と言った。それから唇を歪め、ふん、と鼻で笑った。

「その子は、おめえの倅かい」

十三蔵が桃吉へ目を移した。

だが、お佳枝はこたえなかった。

三流は、十三蔵を見かえした。そして、

「お佳枝、お知り合いか？」

と、穏やかに訊いた。

「これはこれは、女将さんのご亭主で。お初にお目にかかりやす。あっしは十三蔵と申しやして、上総は……」

すると、お佳枝が十三蔵の言葉をさえぎるように、三流と桃吉のそばへ駆け寄った。そして、小声で言った。

「あんた、桃吉を手習所に連れていって。お願い」

お佳枝の表情に、困惑がにじんでいた。

「大丈夫なのか」

「大丈夫。昔の知り合いなの。お福《ふく》もいるし。わけは今夜話すから」

お願い——と、お佳枝はこっそりと繰りかえした。

神田箒を握ったお福は、肩をすぼめてなりゆきを見守っている。

三流はお佳枝の困っているのがわかり、それ以上は訊かなかった。十三蔵を一瞥し、では、と声をかけた。十三蔵はにやにやしているだけである。

「桃吉、いこう」

「うん。じゃあね、おっ母さん」

「いっといで」

お佳枝は桃吉へ微笑んだ。

三流と桃吉は勝手口から路地に出た。冷たい雨が二人の菅笠と紙合羽に、ぱらぱらと降りかかった。

汐留川の堤道に出て、汐留橋へとった。

新町と木挽町を渡す汐留橋には、人っ子ひとり見えなかった。

汐留橋の半ばに差しかかったとき、後ろの桃吉が立ち止まった。桃吉は何か気になるふうに、汐留の方を見やって小さな身体を佇ませた。

「どうした、桃吉」

三流がふりかえり、桃吉に言った。

「誰だろう」

桃吉の息が白く見えた。

菅笠の縁から、雨の雫が幾つも垂れている。

三流は黙っていた。誰だっていいのだ、と三流は少し投げやりな気持ちを腹の中で吐き出した。

河岸場に舫う船が雨に濡れて黒ずみ、灰色の川面には無数の波紋が見えていた。

「いこう」

と、桃吉を促した。

三

お福は店の間のお客さん用の角火鉢に炭火を入れ、五徳《ごとく》に鉄瓶をかけた。

それから内証の陶《とう》の火鉢にも炭火を入れると、内証の火鉢を挟んで向き合った女将さんと十三蔵という客に、湯気ののぼる茶を出した。

女将さんがお福に「すまないね」と言った。

十三蔵の二人の手下は、台所の上がり端にかけ、ぼそぼそとした耳障《みみざわ》りな話し声を交わしていた。

お福は険しい顔つきの二人の手下にも茶を出し、土間に二つ並んだ大きな竈《かまど》の前にかがんだ。二つの竈には、薪《まき》が音をたて赤々と燃えている。

こんな日でも、客を迎える支度はしておかなければならなかった。

この雨のせいか、今朝は御用聞《ごようきき》もくるのが遅くなっていた。

内証と台所の間の仕きりの腰障子が両開きになっていて、竈の前から顔だけをふり向けると、女将さんが青ざめた顔を伏せ、十三蔵という客は、一重の無表情な目を内証の虚空へ泳がせているのが見えた。

さっきから十三蔵が、ひそひそと話し続けていた。それをうな垂れて聞いている女将さんの様子が、お福は気がかりでならなかった。

しかしお佳枝は、十三蔵と改めて向き合って言いわけがましい話を聞いているうち、ようやく腹が据わった気分だった。

「……そんなわけさ。だから、おめえをひとり残して、江戸を離れるのは、そりゃあ心残りだった」

と、十三蔵が火鉢に片手をかざして言った。

「けど、渡世の義理は果たさなきゃあならねえ。おれとしちゃあ、最後の仕事のつもりだったんだ。仕方なかったのさ。ほとぼりが冷めるまで三年と言われた。三年たったら、帰ってきてちゃんと足を洗い、おめえと添い遂げるつもりでいた。それが目《もく》ろんでいたようにはいかず、流れ流れて八州の旅暮らしが続いたのさ」

お佳枝は顔をそっとあげ、十三蔵へ冷めた目を投げ、すぐにまた伏せた。

「五年ほど前、上総のある親分さんの世話になって、だいぶ落ち着いた暮らしができるようになった。それからは、江戸に戻っておめえに会ってわけを話し、おめえを上総に連れてこようかと何度も考えた。だが、踏んぎりがつかなかった。おめえは汐留生まれの汐留育ち。そんなわけにはいかねえだろう、という気もしたんだ。そうこうしているうちに月日は流れ、あっという間に十年がすぎちまった」

十三蔵はお佳枝の様子に、気づいていないふうに話し続けた。

「あのときはすまなかったと、心底、思っている。中身は話せねえが、ある人から仕事を頼まれ、十年ぶりに江戸へ戻る用ができた。おめえに会って、何から話そうかとずっと考えて江戸まで旅をした。若いときはとり戻せねえが、おれの心は変わっちゃいねえ。おれとおめえは惚《ほ》れ合って結ばれた。離れて暮らしていても、心は離れちゃいねえ。その気にさえなりゃあ、やり直すのに遅くはねえ」

そうじゃねえか——と畳みかける十三蔵に、お佳枝は顔を上げ、薄《うっす》らと冷めた笑みを投げた。

「むろん、やり直すのはお前の倅の桃吉も一緒にだ。おれは、跡継ぎがほしかったんだ。それにな、お佳枝、あの亭主はねえぜ。おめえほどの女があの亭主じゃ、勿《もっ》体《たい》なさすぎるぜ。どこで拾ったんだ、もの好きにもほどがある。おれはあの亭主を見て、噴き出しそうになるのを堪《こら》えていたんだ」

お佳枝は堪えきれなくなった。

くっくっく、とくぐもった声をもらしたので、十三蔵はお佳枝の様子に小首をか

しげた。そして、

「やっぱりおめえも、そう思うかい。あの男じゃあ、当然だよな」

と、にんまりと口元をゆるめた。

腹が据わると、十三蔵の思わせぶりな物言いがお佳枝にはひどく滑稽《こっけい》に感じられた。他愛《たわい》もなく浮ついて、子供っぽい性根が透けて見えた。さっきまで覚えていた怯《おび》えが、すっかり失せていた。

「十三蔵さん、十年がたっても変わりませんね。あなた、十年前のままですよ」

お佳枝は、笑顔を上げて言った。

「そうかい」

十三蔵は、綺麗に剃った顎を指先でなでた。

「昔から、そうでしたね。世間のことなんて、どうにかなる、どうにでもできるというふてぶてしさが漲《みなぎ》っていて、十三蔵さんはそういう人でしたね。若いときはそれが強さだとか、男らしさだと思っていた。でも違っていた。どうにかなる、どうにでもできるのは、どうにかなるまで、どうにでもできるまでだけなんですね。どうにかならず、どうにでもできなくなったら、そういう人は逃げ出すんです」

お佳枝は冷めた笑みを、十三蔵にそそいでいる。

「たったひとりの女と交わした約束さえ守れない人が、偉そうに、渡世の義理だなんて。笑っちゃいますよ。十年も放っておいて、おれの心は変わっちゃいねえ、離れて暮らしていても心は離れちゃいねえ、だなんて、四十を超えた大人がそんな子供みたいなことを言って、あなた、恥ずかしいと思わないんですか？　みっともないと思わないんですか？」

十三蔵は煙草《たばこ》入れから鉈豆煙管《なたまめギセル》をとり出し、刻みをつめた。火鉢の炭火に煙管の火皿を近づけ、じじ、と火をつけた。

「足を洗うと約束して夫婦になった女房がいるのに、渡世の義理でやくざと喧嘩をし、人を殺《あや》め、女房を捨て、江戸を捨てて逃げたのなら、それが間違いで愚かなふる舞いだったとわかっても、自分でやったことの始末は最後まで自分でつけるしかないじゃありませんか。仕方がなかっただなんて、まるで他人事《ひとごと》みたいに。それじゃあ、ただの嘘つきの子供ですよ」

煙管を大きく吹かせ、薄い煙を、内証の天井にくゆらせた。

「十三蔵さんは変わらなくても、周りは十年分、変わっているんです。汐留に十三蔵さんの居場所はありません。ご自分の一番ふさわしい居場所にお戻りなさい。わたしはお父っつぁんとおっ母さんの残してくれた汐留を、守っていかなきゃならないんです。うちも商売ですから、十三蔵さんが今度こられたときは、お客さんのお代をいただきますので……」

冷ややかな雨音が、勝手の薄暗い土間をくるんでいた。

台所の上がり端にかけた二人の手下と、竈の前にかがんでいるお福が、内証のお佳枝と十三蔵の方を見守っていた。

声高《こわだか》ではないが、お佳枝と十三蔵の遣《や》りとりは勝手の土間に聞こえていた。

二人の手下が、お佳枝を睨んでいるのがわかって、お福ははらはらした。

「それから、亭主のこともひと言お話ししておきませんとね」

と、お佳枝が続けた。

「十三蔵さん、人の値打ちは様々ですよ。子供みたいに、姿形や、お金や身分や、強さや命知らずの度胸を自慢したいのなら、それが自慢できる人のところにいって自慢したらいいじゃありませんか。ここには、そういう人はいないんです」

うちの人はね——とお佳枝が言い、十三蔵がちらっと横目で睨んだ。

「わたしにはすぎた亭主なんです。わたしがあの人に相応しい女房かどうかは知らないけれど、あの人は、自分がわかっているんです。自分を知っているから、自分の始末は自分でつけられる人なんです。十三蔵さんは、自分のことがわからないから、ましてや人のことまでわかるはずがないんです。わからないから、どこで拾ったただとか、物好きだとか、人をそんなふうにしか見られないんですよ」

するとと十三蔵は、銘豆煙管を火鉢の縁に打ちつけ、吸殻《すいがら》を火鉢に落とした。それから、へへへ……と、せせら笑った。

「調子に乗って、よく喋るじゃねえか。おめえがそんなにお喋りだったとは、知らなかったぜ。久しぶりだから、昔のままだの、いや、昔よりもっといい女になっただのと、少々持ち上げてやったが、おめえも相応のばばあになって、まさか本気にしちゃあいまいよな。一度は夫婦の契《ちぎ》りを結んだ懐かしい昔馴染《むかしなじ》みだ。少しお愛想を言って、喜ばせてやっただけさ」

「そうですか。ありがとう。十三蔵さんの本音が聞けて嬉しいよ」

お佳枝が言いかえした。

「いいさ。十年もたつんだ。忘れもするさ。ただ、昔のよしみだった汐留のお佳枝のことは忘れちゃいなかった。忘れずにちゃんと、ばばあになったおめえに会いにきてやったんだ。おめえだって少しは愛想よくして損はねえんじゃねえか。なあ、おめえらもそう思うだろう」

十三蔵は台所の上がり端の手下らへ言った。手下らは内証へ目をこらして頷き、軽々しい笑い声を寄こした。

「十三蔵さん。うちは客商売なんです。支度があるんです。用がないんなら、お引きとり願えますか」

「いいだろう。今日のところは引き上げる」

十三蔵は煙管を仕舞いながら言った。

「ところでお佳枝、倅の桃吉は幾つだ」

「幾つでもいいでしょう。十三蔵さんには関係ないんですから」

お佳枝は十三蔵から顔をそむけた。

「ここへくる前まで、おれはおめえに亭主がいて、子供の二、三人がいても当然だと思っていたのさ。ふふ……その身体で、独り寝は寂しいもんな。思った通り、亭主と倅がいた。だがな、あんな大きな倅とは、意外だったぜ。しかも、あの妙な亭主とはまったく似ていねえ、男前の倅だった」

「それが？」

と、顔をそむけたまま気丈《きじょう》にかえした。

「おれが江戸を出たのは、足かけ十一年前の夏だ。おめえをこの汐留にひとり残してな。桃吉は、あれからどれぐらいたって生まれたんだ」

桃吉は翌年の春、桃の花が咲く季節に生まれた。

十三蔵は、お佳枝のそむけた横顔をじっと睨んだ。内証にも台所にも沈黙が流れて、竈に燃える薪の音と雨垂れの音だけが聞こえた。

お福も、二人の手下も動かなかった。

「おめえ、もしやあのときはもう腹に……桃吉の父親は誰だ。答えろ、お佳枝」

十三蔵が低い声を響かせた。

そのとき、勝手口の戸が開けられ、南八丁堀に使いにいっていた老船頭が帰ってきた。船頭は勝手口で菅笠と蓑《みの》をとり、土間に入ってきて、

「女将さん、ただ今戻りやした。あ、これは、お客さんで……」

と、周囲の違った様子に戸惑った。

「帰るぞ」

それを機に、十三蔵が立ち上がった。台所の上がり端の二人が、「へえ」と土間に下りた。

「お佳枝、おめえのことを忘れちゃいなかったのは、本当だ。もうひとつ、跡継ぎがほしかったのも本心だ。今わかった。無理してここへきた値打ちがあった。きっとこれも、神仏のお導きだぜ」

「十三蔵さん、何を言ってるの」

お佳枝が怒りをこめて十三蔵を見上げた。

しかし十三蔵は「またくる」と背中で言い残し、土間へ下り立った。

お福は、引き廻しの合羽に菅笠の三人の男たちが、雨の汐留川の堤道を芝口橋の方へ去っていくのを、表戸から見送った。雨はまだ止みそうにはなかった。

戸を閉め勝手へ戻ると、女将さんはまだ火鉢の傍らに坐り、うな垂れていた。何やら、ひどく思いつめているふうだった。

お福の胸は、どきどきと鳴った。えらい事を聞いてしまった、と思った。このまま何事もなくすみそうにない気がした。

遣いから帰ってきた船頭が竈の火にあたりながら、お福にそっと訊いた。

「何があったんだい。今の客は誰だい。女将さん、ああやって動かねえんだが」

「なんでもないよ」

お福は素っ気なく言ったが、なんだか、女将さんが可哀想でならなかった。

四

降ったり止んだりした雨が、夕方になってみぞれになった。

日が暮れて、水月天一郎、錦修斎、鍬形三流、唄や和助の四人が、木挽町四丁目裏通りの焼物料理屋《沢風《さわかぜ》》の店に上がったのは、宵の六ツ半（午後七時）だった。

一日中降り続いた冷たい雨のせいか、沢風の十二畳ほどの小広い店座敷にほかの客はいなかった。

赤襷《あかだすき》に赤前垂れのよく太った年増の女将が、炭火の熾《おこ》った七輪《しちりん》を運んできて、

「おいでなさいまし。いつもの鋤焼鍋《すきやき》で？」と注文を訊いた。

それと冷《ひや》の徳利酒を、四人は頼んだ。

夜の帳が下りて、外は雨垂れの音が続いている。

《沢風》は、昼間は尾久《おぐ》あたりで獲《と》れた大鰻《おおうなぎ》の蒲焼《かばやき》で飯を食わせ、夕暮れからは、伊勢海老《いせえび》の鬼がら焼、季節ごとの魚に豆腐や蒟蒻《こんにゃく》、茸《きのこ》の田楽《でんがく》などの焼物料理で旨い酒を呑ませる店である。

殊に、雁《がん》や鴨《かも》、紅葉《もみじ》や牡丹《ぼたん》を鍋で焼き、そこにたまりをそそいで、じゃあ、と湯

気と旨そうな匂いをたちのぼらせる鋤焼が評判だった。

天一郎ら四人は、夏場は元より冬場でも、その鋤焼に冷酒で旺盛に呑み食いする沢風の定客《じょうきゃく》である。

鴨肉が甘だれの中で、じゅうじゅう、と焼ける匂いに食い気と酒をそそられ、新しく売り出す絵師・錦修斎の絵双紙《築地十三景》の話をああだこうだと言い交わしながら、四人の酒盛りが続いていた。

そんな中、三流が浮かぬ顔を見せ、酒があまり進まなかった。

「どうした、三流。今宵は大人しいな。なんぞ気がかりがあるのか」

天一郎は、普段とは様子の違う三流に徳利を差した。

「うん？　そう見えるか。すまん。そんなことはないのだがな」

三流は気をとり直して笑みを作り、天一郎の酌を受けた。

「本当に、三流さん、今夜は元気がないじゃありませんか。いつもの皮肉な三流節を、聞かせてくださいよ」

和助が三流の分厚い肩を、肘でつついた。

「和助のいつものほら話も、三流に止めてもらわないと、張り合いがないとさ」

「ほら話だなんて、天一郎さんまで馬鹿にして。わたしはいつだって、本当の話しかしていませんよ。仕方がないじゃありませんか、女にもてるんだから。女にもてないみなさんには、おわかりにならないでしょうけど……」

天一郎と修斎は笑わせられ、三流も苦笑を浮かべた。

「三流、昨日のことを話してくれないのか」

修斎が笑顔を三流へ向けた。

「そうだったな。忘れていた」

「あれからどうなったか、気になっていた。三流が話さぬから、遠慮して訊かなかったのだ」

「どうした。昨日、何があった」

天一郎が訊いた。

「二人に話してもかまわぬのだろう」

「かまわぬさ。隠すほどの事ではない」

「昨日の仕事の帰り、三流と木挽町で一杯呑んでいこうということになって、木挽町の土手通りに出た。そしたら三流の兄さんに出会ったのだ」

「出会ったというか、兄がわたしを呼び出すために新シ橋の河岸場まで屋根船できたとき、たまたまわたしと修斎がいき合わせ、それで声をかけてきた」

「兄さんは、ひとりではなかったろう。船にはほかにも人が乗っていたな」

と、修斎は三流に確かめた。

「ふむ、兄嫁もいた。それと実家の近所の御家人夫婦と、そのひとり娘が一緒だった。娘と言っても、三十すぎの年増だがな」

「なるほど、そうか。去年の婿入り話が、まだ続いていたのだな」

天一郎は察した。和助は鴨肉を頬張りながら好奇な目を三流に向けている。

「この正月、兄夫婦と両親にはっきり断りを入れ、わたしは終わったと思っていた。だが、兄は諦《あきら》めていなかったらしい」

「じゃあもしかして、ご近所の御家人夫婦と年増のひとり娘というのは、三流さんの婿入り先の方々なんですか。確か、市川家でしたね」

鴨肉を呑みくだして、和助が言った。

「そうだ。市川家の方々とは養子に出される前以来だが、会うと顔を思い出した」

「なら、嫁になる年増のその方とも会われたのでしょう。十数年ぶりに会われて、どういう感じでしたか」

「どういう感じと訊かれても、上手《うま》くは言えん」

「でもなんかあるでしょう。器量があぁだの、気だてがこうだのと」

和助が身を乗り出した。だが、三流は気が乗らないふうである。

「市川家は武家相手に金貸しを営んでいて、台所が豊かだと言っていたな。兄さんは、本多家は、市川家に借金があるのか」

天一郎が話の筋を変えた。

「間違いなく、だいぶあると思う。だから、兄夫婦も父や母も、この話が諦めきれぬのだ。わたしが断りを入れたのを、市川家は知らなかった」

「市川家は、それほど台所が豊かなのか」

修斎が訊いた。

「市川家は本両替町の両替商にもまとまった金を預け、両替商がそれを米相場や大名貸などで働かせ、市川家はその利息をも得ているらしい。金が新たな金を生んでいる。そういう世の中なのだな」

「珍しい話ではないさ。武家の金貸し業は許されていないが、縁者や知人への融通ならば黙認されている。侍は相身互《あいみたが》いだからな。けれど、どこまでが融通で、どこからが金貸し業か、それを律するのは侍自身だ」

天一郎が言った。和助があけすけに訊いた。

「で、三流さんは市川家に婿入りするのですか、しないのですか」

「しないさ。あたり前だろう。わたしにはすでに女房がいるのだ」

「ええ？　もったいないな。市川家の主《あるじ》になって、金に不自由なく暮らせる身分になれるのに。ああ、そんないい話を、もったいない……」

「ならば、女房のお佳枝さんはどうするのだ。三流とお佳枝さんは、町内に披露《ひろう》をしたちゃんとした夫婦なのだぞ」

「それはそうなのですがね。それはそれとしてですよ」

と、和助は冗談とも本気ともつかぬ口ぶりで言った。

「こいつ、いい加減な」

修斎が長い腕をのばして和助の頭を小突くと、和助は肩をすくめて、えへへ、と笑った。

だが、三流は修斎と和助の戯れに気をそそられず、浮かぬ顔に戻っていた。

天一郎はまた、三流の盃に徳利をかたむけた。

「やはり、何か気がかりがあるようだな。ひとりで気をもんでいるよりは、人に話せば気がはれるかもしれぬぞ」

三流は顔をわずかにほころばせ、「大したことではないのだがな……」と、盃に目を落とした。

それから喉を鳴らし、盃をあおった。

「今朝、末成り屋に出かける前、お佳枝の前の亭主が汐留に現われたのだ。十三蔵と名乗った。お佳枝と同じ年ごろに見えた。前の亭主だと、お佳枝が言ったわけではない。だが、気配ですぐにわかった」

天一郎は頷いた。修斎と和助が真顔になった。

「そうか。それで今日は黙りこんでいたのか。変だな、とは思っていたのだ」

修斎が背を丸め、三流の横顔をのぞきこんだ。

「すまん。昔と今は違うのだから別にかまわぬのだが、なぜか気が重いのだ」

「そりゃあそうですよ。昔は昔、今は今、と道理ではわかっても、人の心が簡単に割りきれるわけではありませんからね」

和助が口を挟んだ。

「で、三流さん、男が現われたとき、桃吉もいたんでしょう」

「手習所に出かける前だった。桃吉に、前の亭主の面影があったのだ。こういう男か、と思ったよ」

「桃吉は、知っているんですか。その男が父親だと、気づいたんですか」

「気づいてはいないと思う。ただ、何かを感じたようだった」

湯気のたつ鴨肉をふうふうさせながら、三流は頬張った。それから黙々と盃をあおった。四人の中で、鋤焼鍋が煮えた音をたてていた。そのとき、

おお、寒い寒い……

と、震えながら二人組の客が入ってきた。

二人組は、手拭で濡れた肩をぬぐっていた。三流は一瞥を投げ、それから、

「子供のころ、父によく打たれた。おまえというやつは、と言うのがわたしを打つときの父の口癖だった」

と、別のことを話し始めた。

「短気な兄にも殴られた覚えしかない。広之進、と兄に呼ばれると、ああ、また二つか三つ打たれるのだな、と覚悟しておかなければならなかった。どういうわけで打たれたのか、今では何も思い出せない。ただぼうっと小言《こごと》を聞きながら、次は小突かれるか、叩かれるか、あるいは拳骨《げんこつ》を見舞われるのかと、そんなふうに考えていたことしか思い出せない。たぶん、ささいな理由だったのだ」

徳利を差す和助を制して、三流は手酌で酒をついだ。盃をとり、胸の前まで上げて手を止めた。

「十歳ぐらいのときだったかな。なぜこんなに打たれるのだと、子供なりに考える

ようになった。長いことかかったが、子供なりにわかったことがあった。十歳の子供だってわかるさ。どうしたら打たれないですむか、考えるからな」

そうして、勢いよく盃を乾《ほ》した。

「つまりわたしは、親兄弟に慈《いつく》しまれるような可愛げで愛想のいい子ではなかったのだ。可愛げな子供らしさがなく、この通りの醜い顔つきが、親兄弟に嫌われる理由だとわかった。みんな自分の醜さと、愛想の悪い性根《しようね》のせいだと。だが、そうだとわかっても子供に何ができる。物心ついたときから、こんな自分しか知らないのだからな。わたしはみじめで口惜《くや》しくて泣いたが、諦めるしかなかった」

乾した盃を、盆の上にことんとおいた。

「十五歳で、芝《しば》の神谷町《かみやちよう》の浪人と養子縁組をして家を出された。浪人の身で板木の彫師を生業にしていた。錦絵が売り出される前だったが、仕事は忙しかった。人手がほしかったのだろう。養子縁組と言っても、実情は徒弟奉公だった。養子縁組なら給金はいらぬ。仕事が忙しいから、やり方をろくに教えられないまま、いきなりあれをやれこれをやれと、彫師の真似事をやらされたよ」

ふふ、と三流は自嘲するように笑った。

「神谷町ですか。神谷町ならうちの実家に近いですよ。うちは三才小路《さんさいこうじ》です。子供のころ、三流さんと会っていたかもしれないのですね。三流さん、もっとどんどん食ってくださいよ」

和助がさっきとは口ぶりを変え、三流の碗に鋤焼を盛った。そして女将に、新しい酒と鴨肉を頼んだ。

「人に教えられるのではなく自分で慣れろ、というわけだ。養父というか親方というか、癇性《かんしょう》な男だった。そこでもわたしは、不器用だとか仕事が遅いだとか、素質がないとか、やはり怒鳴られ、さんざん引《ひ》っ叩《ぱた》かれた。それでもともかくも、彫師としての生業が始まったのさ。修斎と出会ったのは、十七の冬だ。彫師の仕事を始めて足かけ四年だった」

「木挽町の広小路で出会ったとき、三流はまだ侍風体だったな」

修斎が言った。

「養子縁組に出され、みじめな徒弟奉公をしていながら、自分は侍だ、という矜《きょう》持《じ》が支えだった。三、四年目のころから、養家の仕事が少なくなって、閑になっていた。わたしは養家をこっそり抜け出し、あてもなく一文無しで、木挽町の盛り場をうろついた。けどな、それが十八歳にしてわたしが初めて味わった、束《つか》の間《ま》の自由だった。腹が減って、仕方なく養家に戻ると、罵声《ばせい》を浴びせられたがな」

「あのころわたしは、玄《げん》の市《いち》の師匠の店に居候《いそうろう》の身だった。家出同然のわたしを、師匠は、いたいだけいなさいと居候をさせてくれ、小遣いまでもらっていた」

「修斎に師匠の店に連れていかれたのだったな。師匠に会って、わけもわからず、何かが変わりそうな、虫の知らせみたいな覚えがあった」

「虫の知らせはあたりだ。そののちに、広小路で天一郎と出会った。天一郎がわたしと三流に喧嘩を吹っかけてきた」

「逆だ。わたしは遣いで築地に出かけていた戻りだった。広小路の賑わいに誘われつい寄り道をした。そこで、ぞろりとした着流しに大刀一本を落とし差しのいかにもの無頼な風体の修斎と三流が、すましたやつ、生意気だ、と言いがかりをつけてきたのではないか」

　天一郎が言いかえした。

「そうだったか。よく覚えておらん。だが、喧嘩には自信のあったわたしと三流の二人がかりでも、天一郎に敵《かな》わなかったのは覚えているぞ」

「木挽町の町役人に追われて、喧嘩をした双方が玄の市の師匠の店に逃げこんだ。三流、わたしもあのころ、無用者だった。先のことはわからず、どこかにおのれの居場所はないか、とさまよっていた。師匠に会ったあのときから、目の前の霧がはれ、彼方まで続く一本道が見えた」

「わたしだって同じさ。絵師になりたいという望みをたぎらせてはいたが、ただ絵を描き続けることしか、何もできなかった」

「みなさん、精一杯背のびをして、それから十数年が流れたってわけですね」

和助が言うと、修斎がすかさず、

「そうだ。数年後、和助が仲間に加わって、品性が少し落ちたがな」

と、からかった。三人が笑い声を上げ、和助は、ちぇ、と不満顔を見せつつ、すぐに高笑いを三人にそろえた。

玄の市の師匠とは、南小田原町《みなみおだわらちょう》の波除稲荷《なみよけいなり》に近い新道角の、小綺麗な二階家を住まいにしている座頭《ざとう》である。

座頭金《がね》を営んでいて、築地川堤の末成り屋の古びた土蔵と周辺の、掛小屋やあばら家が固まったあたりの地面は、玄の市が地主だった。

天一郎が頭となって、修斎、三流らと末成り屋を始めるとき、元手は玄の市が出した。末成り屋の主は天一郎だが、玄の市の陰の支援があって、末成り屋はもたつきながらも、この春、足かけ十年を迎えたのだった。

「三流、まだ話し終わってはいないのだろう」

天一郎が三流の盃にまた徳利を差し、先を促した。

三流は頷いた。

「養家と縁がきれたのは、明和《めいわ》の二年だ。そのだいぶ前から、わたしは修斎と共に師匠の店に入りびたっていた。親方の怒鳴り声を聞きながら彫りの仕事をするのに、どうしても堪《た》えられなかった。十日ほど空けて養家に戻ると、わたしの荷物が柳行李ひとつにつめて、勝手の土間に打ち捨てられていてな。親方が、これまでだ、出ていけと喚《わめ》いた。なぜかほっとしたよ」

「養家には、どれぐらいいたのだ」

「いろいろあったが、それでも足かけ六年いた。よく我慢できたと、われながら思う。わたしは融通の利かぬ男だからな。今にして思えば、養家とうまくいかなかったのも、可愛げのない気だてやこの風貌のほかに、融通の利かなさのせいだったかもしれぬ」

「そんなことが、あるものか」

「いいのだ。そうであってもなくても、すぎたことだ。養家を追われたが、本所の狭く古ぼけた組屋敷を懐かしく思い出すことはなかった。父や母に慈しまれた覚えはないし、兄の新太郎がすでに本多家を継いでいたしな。わたしの居場所など、あるはずがない。修斎と共に師匠の店の居候になった」

修斎が、ふむ、と頷いた。

「しかしわたしはもう、打たれることを恐れびくびくしていた子供ではなかった。形は小さくとも、力は人並み以上にあった。何よりも、天一郎と修斎という友ができた。末成り屋が始まったときは嬉しかった。親方に罵声を浴びせられ、つらかった彫りの仕事が、じつは堪《たま》らなく面白かったのだ。自分の力で生きている喜びがあった。のちには和助が加わるし……」

「それに今では、お佳枝さんという女房と倅の桃吉がいる身だ」

「お佳枝のことは、みなには話さなかった。照れくさかったのだ」

「わかるよ。わたしもお万智との馴《な》れ初《そ》めは、照れくさくて話せない」

修斎が言い添えると、和助が真顔で言った。

「ええ、ええ。わたしだって、数ある女とのかかわりを、すべてみなさんにお話ししているわけではありませんからね。そういうのって、照れくさいですよね」

「やめろ。おまえと一緒にするな」

「どうして、どうして。修斎さんも三流さんもわたしも、一緒じゃないですか。ねえ、三流さん」

和助は修斎を怒らせて面白がっているふうである。三流は、薄らと笑みを浮かべているばかりだった。

「和助、修斎、もう少し話を聞こう。三流にとって、お佳枝さんがどういう女房なのか。三流、続きを話せ」

五

師匠の店に居候になって一年近くがたったころだ――と、三流は続けた。

「わたしはまだ、自分に何ができるのか、何をしなければならないのか、見つけていなかった。師匠の厚意に甘え、ただで寝起きし、ただ飯を食わせてもらっていながら、わたしには先になんのあてもなかった。彫師の仕事は、不器用だ、手が遅い、素質がない、と親方に散々言われ、生業にできると思っていなかった。同じ居候の身の修斎は、すでに絵師の仕事を始めていただろう」

「そうだった。初めて注文をもらった仕事は、竹川町《たけかわちよう》の小間物問屋の団扇《うちわ》絵だ。初めて画料を手にしたとき小躍りした。自分が認められた気がした。おのれの力で生きていけると思った。ただし、画料は百文《もん》だった。今は二百文だ。あまり変わっていないが」

修斎が苦笑を浮かべた。

「天一郎はまだ村井家にいた。おまえは剣の腕がたったし、頭はよかったし、姿形もいいし、どういう境遇であれ旗本の血筋だ。わたしなどとは違っていた。わたしは自分が何もできず、ひとりとり残されて師匠の店に居候している身に、だんだん引け目を感じ始めていた」

「三流が師匠の店を出て、汐留に住みこみで下働きを始めたのは夏だった。いつまでも師匠に甘えていられない、自分の食い扶持《ぶち》ぐらい稼がなければ、とおまえが言ったのを覚えている。その年の冬、われらは末成り屋を始めたのだ」

「そうだ、あれは夏の盛りだった。たまたまわたしは、汐留橋の手すりに凭《もた》れ、汐留河岸の軽子らの仕事ぶりをぼんやり眺めながら、力は人並み以上にある。人足の仕事を始めるか、あれならできそうだ、と考えていたんだ。土手の柳の木で蟬《せみ》が騒がしく鳴いていてな。汗ばむ暑さの中で、気はふさぐ。修斎は一心不乱に絵を描いていて、同じ居候でも修斎の邪魔をするようで師匠の店にも帰りづらかった」

「そんなことを気にしていたのか。馬鹿だな」

「気にしたさ。腰の刀が重かった。自分ほどの者が刀を差しているのが気恥ずかしかった。それでいて刀を捨てきれぬ。人に問われたらなんと名乗ればいいのだ。養子に出されたのだから、本多広之進ではない。その養家とも縁がきれた。侍ではなく、町民や百姓でもなく、と言って、無頼の輩《やから》に身を落とすくそ度胸もない臆病者だ。わたしは人にこたえるおのれ自身さえなかった」

新たにひと組の客が、「よく降りやがるな」と言い合いつつ、沢風に入ってきた。

座敷は、食い物屋の店らしくなってきた。

「そしたら、河岸場の堤に《汐留》と看板行灯を出した船宿から、お佳枝が赤ん坊の桃吉をおぶって出てきたのだ。お佳枝は船寄せの荷船に積み上げた薪束の山から薪束をひとつふたつと下ろし、宿へ運び始めた。蟬が鳴き騒ぐ炎天下で、お佳枝はひとりで宿と船寄せを何度も往来していた。そのうち、背中の桃吉がみゃあみゃあと泣き出してな。けどお佳枝は、赤ん坊をあやしながら薪の束を運び続けていた」

「お佳枝さんを、知っていたのか」

「まったく知らなかった。偶然だった。わたしは気の毒に思い、手を貸してやることにした。若くて身体だけは丈夫だったし、どうせ何もしていないのだしな……」

三流は、汐留橋を渡って堤道を汐留の前までいった。

そのときお佳枝は手拭を女かぶりにしていて、薪の束を船寄せの歩みの板に幾つか下ろしたところだった。

堤道を近づいていった三流は、お佳枝と目を合わせた。

おや？　という目つきで、お佳枝は女かぶりの下から三流を流し見た。

蝉が川縁に騒ぎ、背中の赤ん坊がむずかって泣いていた。桃吉はまだ、首が据わって間もないころの小さな赤ん坊だった。

「女将さん、手伝いましょう」

照れくさかったが、三流は言った。お佳枝は会釈をかえし、

「お気遣い、畏《おそ》れ入ります。でも、お侍さんにこんなことをさせられません。大丈夫です。すぐ終わりますので」

と、言った。

その様子が三流の気持ちをほぐした。それに、自分のような者を《お侍さん》と言ってくれた。自分のような者を、少しだけ認めてくれた気がした。

「力仕事は得意です。手間賃をいただくつもりではありません。どうせ閑な身なのです。ここはわたしに任せて、女将さんは中で休んでいてください。この炎天下では、赤ん坊によくない」

三流は刀を帯の後ろへ廻し、河岸場の石段を駆け下りた。お佳枝の手から薪束を

とって両脇にも挟んだ。

「これをどこへ運ぶのですか」

お佳枝は戸惑いつつも、三流の人柄を感じとったのだろう。

「ありがとうございます。では、ご厚意に甘えさせていただきます……」

と、日射しの下できらきらとした微笑みを見せた。

お佳枝は、そよそよと涼しい風の流れる台所の板敷に桃吉を寝かしつけながら、三流の仕事ぶりを見守っていた。

半刻ほどかかって、荷船の薪束の山を裏の納屋に運び入れた。

「これで全部ですか。ついでです、ほかにも仕事があればやりますよ」

と三流は言った。するとお佳枝は、「本当に助かりました、十分でございます」

ときらきらと微笑んだ。

台所の上がり端にかけて、冷えた麦茶をふる舞われた。

お佳枝が傍らに坐し、「お侍さん、お国は……」「お名前をお聞かせ願いませんか」などと、三流の境遇を訊ねてきた。

深くも考えず、訊かれるままに、本所の御家人の部屋住みで養子縁組に出され……と、三流はこれまでの境遇を話した。

「挙句《あげく》の果てに、彫師ですらものになりませんでした。情けない男です」

三流は、その場の笑い話のつもりだった。

「汗も引きました。ではこれにて」

麦茶を飲み終え、三流は腰を上げようとした。すると、

「本多さん、お待ちください」

と、お佳枝が引き止めた。

「ちょうど今、下働きの人手を探していたところなのです。お侍さんに下働きの仕事をお願いするのは失礼とは思いますけれど、寝る場所と食べるものは用意できます。わずかでも給金をお支払いもできます。本多さんのお望みがかなうまで、うちで働いてみませんか」

船宿《汐留》は、船頭と下女のほかに下働きの男を雇って、女将のお佳枝が女手ひとつで営んでいた。

たまたま下働きの男が辞め、力仕事のできる使用人を探していたところだった。

お佳枝は、肩身の狭い居候の身で、どんなことでも、と仕事を探しているらしい三流を憐《あわ》れんだのかもしれなかった。

むろん三流にも、お佳枝を憎からず思うなどと、そんなゆとりはなかった。お佳

枝が引き止めなければ、汐留に留まりはしなかった。汐留河岸で、軽子になっていたかもしれなかった。

しかしそう言われて、三流は初めてお佳枝の顔をちゃんと見たのだった。それまでは照れくさくて、ちゃんとは見ていなかった。

お佳枝は女かぶりの手拭をとっていた。

おくれ毛が、白く長いうなじにかかって儚《はかな》げだった。

炎天下で働いたせいか、元々の肌色なのか、白い頬を薄らと朱に染めていた。

三流よりだいぶ年上だとはわかったが、驚くほど綺麗な女だった。

「ご亭主の許しを得なくて、いいのですか」

「亭主は、おりません」

お佳枝がこたえた。それで、お佳枝がわけありの身なのだと知れた。

三流は板敷で眠っている赤ん坊を見た。これもめぐり合わせか、と思い、汐留の住みこみで働き始めたのだった。

あのころお佳枝は、三十代の半ばに達しておらず、汐留界隈では、汐留のしっかり者の美人女将でとおっていた。前の亭主は縮尻《しくじ》った。けれど、お佳枝ほどの年増なら、たとえ子連れでもそれなりの亭主に恵まれるだろう、と噂されていた。

一方三流は、年が若いというだけの、力仕事しかできぬ下働きの、しかも見てくれの悪い一文無しの浪人者だった。

お佳枝と三流の仲は、噂にすらのぼらなかった。三流自身が、お佳枝と懇《ねんご》ろになるとは思っていなかった。

天一郎、修斎、三流の三人で《末成り屋》を始めることを決めたのは、その年の夏の終わりだった。

三流は末成り屋をはじめる支度を進めながら、汐留の住みこみ働きは続けた。そうして、住みこみ働きを始めて五ヵ月がたち、冬になった。

ある日、三流はお佳枝に言った。

「じつは、気心の知れた仲間と読売屋を始めることになりました。おいとまをさせていただきます。女将さんにはお世話になりました。女将さんに情けをかけていただき、どれほど救われましたことか。心より感謝いたします」

するとお佳枝は沈黙し、束の間、三流を睨んだ。それから、三流が思いもかけなかった言葉を口にした。

「本多さん、いかないでくださいよ」

ほんの少し蓮《はす》っ葉《ぱ》な、心なしか怒ったような口ぶりだった。そして、

「おいてかないで、くださいよ」

と、繰りかえしたのだった。

気の廻らぬ、意気地《いくじ》なしでも、お佳枝の心情がわかった。お佳枝の心情がひりひりと伝わってきた。そうだったのか、と思った。

三流はうな垂れた。お佳枝にどうこたえればいいのか、わからなかった。

つくづく、気の廻らぬ男だ、と自分が情けなかった。

自分の気持ちを上手く言えなかった。ただ、上手くは言えないが、三流は、胸がはりさけたような気がした。三流の胸は、はりさけていた。

「男と女が出会うきっかけなんて、そんなもんだろう」

三流が言った。

「ああ、そうだとも。男と女が出会うきっかけなんて、そんなもんだ」

修斎が知ったふうに、心から同意したふうに、大きく頷いた。

「そうですよ。そういうもんですよね、天一郎さん」

和助が言い添え、天一郎へ向いた。しかし天一郎は、

「そのお佳枝さんの前の亭主が、汐留に現われたのだな」

と言った。

「うむ。別にかまわぬのだがな……」

三流がこたえ、言葉はそこで途ぎれた。

おそらく十年前のそのときも、三流とお佳枝の言葉はそこで途ぎれたのだろう、と天一郎は思った。

言葉はなくとも、わかりすぎるくらい心が通じたのだろう。

お佳枝は、気の廻らぬ意気地なしの三流を、そばにいてほしいと思ってくれ、三流をいたわり、憐れんでくれた女だと、わかったのだろう。

気がつくと、沢風の客座敷は客でほぼ埋まっていた。

天一郎ら四人の周りは、いつものように焼き物の煙や煮物の湯気がたちのぼり、ほくほくとした匂いがあふれていた。

外の雨垂れの音が、そんな座敷の賑わいにまじっていた。


冷たい雨が、夜が更けても降り続いていた。

三田二丁目と三丁目、同朋町の間を通る食《く》い違《ちが》いの十字路は、里俗《りぞく》で三俣と呼ばれている。その三俣の一画に、四百文ほどで遊べる女郎のいる長屋が、三棟ばかり軒をつらねていた。

雨が長屋の粗末な板屋根に降りそそぎ、雨垂れが路地に、びしゃびしゃと跳ねていた。

三俣の店頭は金平という男で、長屋の隣の敷地に二階家をかまえていた。

その刻限、金平の裏店に六名ばかりの男たちが会していた。

六人の男たちは、狭い庭に面した濡れ縁側に板戸をたて、一灯の行灯を灯しているだけの薄暗い部屋に顔をそろえた。

部屋の壁に神棚が祭られ、そちらの壁を背に、主人の金平と、たった今到着したばかりの二人の浪人風体が居並んでいた。

それに向き合って、十三蔵と手下の猫助、牛吉が並んで対座している。

行灯の薄明かりが、それぞれの表情を不気味な陰翳で隈どっていた。

板戸をたてた庭の方から、雨の音が騒々しく聞こえていた。

金平と浪人風体の前に南部鉄《なんぶてつ》の黒い火鉢がおかれ、炭火が赤々と熾《おこ》っていた。

「まったく、よく降るぜ」

仕たてのいい茶羽織の金平が、火鉢に手をかざした。

「しかも冷たい雨だ。歳ですな。この寒さは身に応えます」

金平の隣の、屈強な身体つきをした浪人風体が、厚い胸を反らせてかえした。

浪人は、三十代半ば前と思われる年ごろだった。

「千寿《せんじゅ》さんが歳はねえだろう。それは五十に近いおれのせりふだぜ」

「いやいや、金平親分は毎日、女たちの生き血を吸っているから、不老不死の仙人のごときだ。われらとは違う」

あはは……

金平が大袈裟に笑った。

「女たちの生き血を吸うとは、人聞きが悪いじゃねえか。仙人と言われるほど悪じゃねえ。おれなんぞ、ちょい悪だ。本物の悪は、おれみてえなちょい悪に仕事を頼んできた本両替町やお武家のお歴々だ。表向きは大店の商人や武家のご重役。さてその善人面の裏の顔は地獄の獄卒《ごくそつ》も呆れる欲の亡者《もうじゃ》。まったく、ああいうお歴々の自分の手は汚さず人を仕きる悪ぶりには、歯がたたねえ」

「ならば、金平親分に遣われているわれらは、無垢《むく》な雛《ひな》のようなものだな。なあ、赤根《あかね》、われらなど可愛いものだぞ」

赤根、と声をかけられた浪人が「ふん……」と、鼻を鳴らし、青ざめてこけた頬を引きつったように震わせた。

赤根も千寿と同じ、三十代半ばごろに見える壮漢である。

「ま、悪の自慢話は今はおくとして、まずは、こちらが十三蔵さんに配下の猫助さんと牛吉さんだ。それから十三蔵さん、このお二人は千寿万右衛門《まんえもん》さんと赤根蔦次郎《つたじろう》さんで、うちの相談役をお願えしている。腕は確かな方々だぜ」

金平が、両者の間をとり持って言った。

「十三蔵でやす。よろしく」

十三蔵が不敵な笑みを浮かべ、千寿と赤根に頷きかけた。

猫助と牛吉がそのあとで、「お願えしやす」と声をそろえた。

「おぬしが十三蔵さんか。《木更津の傀儡師《くぐつし》》の噂は聞いている。これほど名の知られた仕事人と直《じか》にお目にかかると、さすがにぞくぞくする」

言いながら、千寿は悠々とした素ぶりである。

「木更津の傀儡師は、傀儡を操るみたいに人の生き死にを自在に操る芸人だ。ただの無頼漢にできる芸じゃねえ。で、十三蔵、手はずは全部調えた。あとの手だては、十三蔵に任せるばかりだ」

金平が口をへの字に歪めた。

「われらとて、木更津の傀儡師のお手並み拝見、といたす」

千寿が怪しげな眼差しを十三蔵へ投げた。

すると十三蔵は、千寿から赤根、金平へと物思わしげな顔つきを廻《めぐ》らした。そして、声をひそめ、じわりと言った。

「人を刺身みたいに料理するだけなら、度胸さえ据わっていりゃあ、誰にだってできやす。殺された者が、殺されたのではないと見せかけるのが、あっしらの仕事のむずかしいところでやすからね」

「まあ、そうだろうな。おれもむずかしいとは思うぜ」

「これだけの仕かけをかまえる場合、普通は入念な下調べをし、もっとときをかけやす。けど、このたびの依頼人の注文は、大急ぎだ。急《せ》いては事をし損ずる、と言いやす。どんな名人でも、人のやる事に完全無欠はありやせん。急いては穴ができる。ほころびが見つかる」

「だから上総の東六さんに頼み、木更津の傀儡師に来てもらった。このたびの仕かけは、木更津の傀儡師だからこそ考えついたし、いくら考えついても木更津の傀儡師しかできねえ。手間代は高くとも、それだけ値打ちのある仕事だ」

「そこで、金平親分に、肝心なところの念押しをさせていただきやすぜ」

「いいとも。念には念をだ」

「この仕かけの肝《きも》は二つありやす。ひとつ目は、相手の女は間違いのねえ素性なんでやすね。まさかあの女が、あり得ねえ、と思われちゃあ、仕かけがかえって疑念を生むことになりやす」

「それは、おれにはどうしようもできねえ。前にも言ったが、どこのどの女にするかは、向こうが決めた。頼んできた方が間違いねえと言うんだ。てめえのことだ。それでいくしかねえだろう」

十三蔵は、「ふむ」と頷き、束の間、沈黙した。

「もうひとつは、船頭でやす。船頭の目さえくらませりゃあ、この仕かけは成功したも同然でやす。人は大抵てめえの存念でしか物事を見ねえ。まさかと思いこんでいりゃ、目の前で人が殺されたって気づかねえこともある。ところが、その船頭が男と顔見知りだったら、せっかくの仕かけが水の泡でやす。船頭は仕事柄、顔見知りが多い。そこんところ、十分注意してくだせえよ」

「ああ、それも大丈夫だ。向こうは、普段はお店の用には使わねえ貸船屋に船を頼むと言っている。船頭が男を見知っていることはねえはずだ」

「普段は使わねえ、か……」

十三蔵はそこでもまた、沈黙した。

「十三蔵、案ずるより産むが易い、ということもあるぞ。われらが手伝えることがあったら、なんでも言うてくれ」

千寿が悠々とした素ぶりで口を挟んだ。

「へえ。お気遣い、畏れ入りやす。ただ、これだけの仕かけの肝を、人任せにしなきゃあならねえのが、気がかりなもんで。あたりまえなら、あっしの目と腹で確かめるんでやすが、このたびはその暇がねえのがどうもね。まあ、いいでしょう。ちゃんと、ご依頼どおり、仕事はすませやす。任せてくだせえ」

十三蔵が言い、金平が肉の垂れた頰を歪めた。

「そうでなきゃあ、困るぜ。多少の具合の悪さはなんとかなる。おれに言わせりゃあ、段どりが細かすぎるのはかえってよくねえ。大丈夫だ。十三蔵なら、背格好から顔だちまで、いかにも心中しそうな風貌だぜ」

あはは……

金平が自分の冗談を面白がって、また大仰に笑い声をまいた。千寿と無愛想な赤根が、くすくすと笑った。

しかし、十三蔵も猫助も牛吉も、むっつりとしていた。

夜が更けてもなお、冷たい春の雨が降っていた。

第二章　向島心中《むこうじましんじゅう》

一

一月末、木挽町は森多座の初春狂言《はつはるきようげん》の楽日は、日和に恵まれた。

瓦葺屋根《かわらぶき》、四面塗《しめんぬ》りごめの芝居小屋に櫓《やぐら》を建て、はり廻らされた座元の紋入幔幕《もんいりまんまく》と名題《なだい》と役者絵の看板が、軒屋根につらなっている。

一番太鼓が打ち鳴らされ、色とりどりの幟《のぼり》がたち並び、軒下を廻る提灯《ちようちん》が華やかに灯された早朝の六ツ前。初春狂言節目《ふしめ》の楽日ということもあって、木戸番や舞台番の男衆が賑やかに呼びこみをする中、鼠木戸《ねずみきど》を客が続々とくぐっていった。

出方《でかた》が客を案内する客座敷は、森多座は東西に上桟敷《かみさじき》とうずらと言われる下桟敷があり、東西十一間半《けん》の間に、本土間、前土間、平土間がある。

森多座の初春狂言は、一番目狂言が市瀬《いちのせ》一門は姫川菱蔵《ひめかわひしぞう》の《義経千本桜《よしつねせんぼんざくら》》、所作事《しょさごと》を挟んで、二番目狂言は祝儀物《しゅうぎもの》の《曾我《そが》の対面》だった。

客席はすでに大入りである。その大入りのざわめきの中、舞台正面平土間、通称《平》の小一の仕きりをとって縦に二つの桝席《ますせき》に、三人の客の姿があった。

三人の客は、本所南割下水近所の御家人・市川繁一の息女の春世と供の女、そして、市川家の春世を森多座楽日の大芝居に招いた、本両替町両替商・真円屋《まんまるや》手代の充治《みつじ》であった。

春世と供の女が桝席の前列を占め、後ろに充治が、二人の接待役《もてなし》を務めていた。

幕開きの柝《き》が打たれ、初めに座元と役者らの楽日の「……御礼申し上げます」という前口上があった。

前口上が終わって、盛大な歓呼が包む場内に新たに柝が打たれ、お囃子《はやし》が鳴る。それと共に定式幕《じょうしきまく》が開いて、《義経千本桜》の序幕、堀川御所《ほりかわごしょ》の段が始まった。

四海浪静が舞いのひとさしに賑わう御所は二条堀川……

やあやあ、わが君はおわするか。

と、狂言が始まり弁慶《べんけい》が登場すると、春世と供の女は、その華やかさに胸をわくわくさせ、気を昂《たか》ぶらせ、釘づけになった。

充治は大事なお得意さまの息女《そくじょ》と供の女の接待に粗漏《そろう》がないよう、後ろに畏《かしこ》まって気を配っている。

そんな平土間の三人を、西の上桟敷太夫《たゆう》一の間に座した美鶴が見下ろしていた。

美鶴はお類と共に桟敷前列の手すりのそばに坐っていて、そこからは花道に近い桝席の三人がよく見えた。

美鶴とお類の隣に、酒井家御用達の新川の酒問屋・扇屋角平が並び、後ろには、芝居好きでとおっている酒井家の供侍《ともざむらい》が二人、角平がともなってきた手代のひとりが控えていた。

美鶴とお類は、扇屋角平に森多座楽日の大芝居に招かれていた。

美鶴が平土間の三人に気がついたのは、春世の顔を見覚えていたからである。

先だっての宵、扇屋の祝い事に出かけた戻りの三十間堀で、すれ違った屋根船に乗っていた鍬形三流を見つけ、そのとき春世は三流と並んで坐っていた。

春世が着ていた大きな牡丹の、赤い花柄も覚えている。けれど、市川春世という女の名は知らない。

ああ、あれは、もしかすると三流の……

と、美鶴は思ったばかりだった。

春世は先だってとはまた違う、明るい藍《あい》色の振袖を着ていた。年増の顔だちには少々不似合な派手な振袖が、目だったこともあった。

お類はまったく気づかず、舞台に夢中である。

春世の隣には、地味な装いの供らしき女がいて、二人の後ろにこれは紺縞を着流した手代風体の男が端座し、舞台へ一重の黒めがちな目を向けていた。

商家の手代が、芝居見物に招いたお得意さまを、いかにも接待している様子に見えた。

ただ美鶴は、手代の尖った顎に、やや青ざめてのっぺりとしたあまりにこやかではない顔つきに、心なしかすさんだような影が見え、意外に思ったのだった。

つまり、手代らしき男が手代らしく見えなかったのである。

大入りの客の目は、舞台へそそがれていた。そのため、平土間の三人が上桟敷の美鶴から見られていることに気づいてはいない。

舞台では「……ここに戌亥《いぬい》や酉《とり》ならで」と、弁慶の台詞《せりふ》が続いている。

「扇屋さん、花道に近い桝席に藍色の着物を召された女の方の、三人連れがいらっしゃるでしょう」

美鶴は隣に並んだ扇屋角平に、そっとささやきかけた。

ささやかれた扇屋は、「はい、どちらで」と、舞台から平土間へさり気なく目を移し、やがて、

「ははあ、あちらの藍のお振袖の、女の方でございますね。美鶴さまのお知り合いでございますか」

と言って、小首をかしげた。春世の衣裳が目だっている。

「知り合いではありません。ただ、あの女の方は、わたしの知り合いとご縁のある方かもしれないのです。どういう三人連れか、扇屋さんはご存じではないかな、と思って……」

美鶴がささやいた。

「いいえ。わたくしは存じません。確かめてみましょうか」

「いいのです。ちょっと気になっただけですから。後ろの手代ふうの方は、あれはどこのお店か、おわかりになりますか」

「さようでございますね。そう言えば、あのお仕着せふうの長着は、本両替町の方の両替商のものかもしれません。両替商のお仕着せは、ああいう色柄が多いようで

ございます。両替商がお得意のお家の方を、芝居見物にお招きしているようにお見受けいたしますね」

両替商の招きか、と美鶴は思った。

鍬形三流の婿入りの話があった相手は、本所の御家人の家で、御家人は武家相手の金貸しをしていた。台所事情はかなり豊かと聞いた。それほど豊かならば、両替商と御家人とがかかわりがあったとしても、おかしくはなかった。

それでも、後ろの男に手代らしさを感じられない意外な思いが、美鶴の脳裡《のうり》から消えなかった。

「はい？　美鶴さま、どうかなさいましたか」

お類が気づいて、美鶴へふり向いた。

「いいのです。お芝居を楽しみなさい」

美鶴はお類へ微笑んだ。

春世は、一番目狂言が終わり、芝居茶屋へ戻ってお昼の幕の内をいただいた。

昼食と休息がすんでまた芝居小屋にいき、二番目狂言を堪能した。

夕六ツの打ち出し太鼓が鳴らされるときは、春世は頭がぼうっとするくらいの疲れを覚えた。

われを忘れているうちに大芝居見物の一日がすぎ、溜息が出た。

今日の招きを計らってくれた真円屋の番頭の又左衛門《またざえもん》は、急な用が入ったとかでこられず、代わりに接待役を務めた充治という見知らぬ手代は、口数が少なく、顔つきも少々陰気だけれども、いたらぬところはなく、これと言って不満はなかった。

春世は充治には用があるとき以外は話しかけず、供をした下女のお杵《きね》と役者の様子や芝居の筋などをずっと話してすごした。

幕が閉じられてから、充治が言った。

「では春世さま、ご夕食は芝居茶屋ではなく、深川《ふかがわ》の料亭にお席を用意いたしております。そちらでお楽しみいただきます」

春世は本所の屋敷に戻り、窮屈な振袖を脱いで気楽に夕食をとりたい気分だった。だが、深川の料亭の夕食というのも楽しみで、気持ちが浮きたった。

大勢の客と共に木戸口から木挽町の往来に出ると、昼間の暖かさは失せ、ひんやりとした宵の気配が、春世の火照《ほて》った頬をなでた。

宵の六ツをすぎ、薄暗くなった往来の表店《おもてだな》には、すでに明かりが灯っていた。

帰途につく大勢の人中を、新シ橋の方へ春世たちを導いてゆく充治は、手拭で頬かむりをした。背が高いので瘦せて見えたが、充治の背中は案外に肩幅が広く、頼もしく感じられた。

先だって会った本多広之進よりは、だいぶ男ぶりもよかった。

親の言うとおりにするつもりだが、あんな男と、という気もちょっとした。

「充治さん、深川まではどのように」

春世は充治の頼もしげな背中に声をかけた。

「新シ橋の河岸場に船の支度をしております。船で深川までまいります」

充治は腰を折り、伏し目がちにこたえた。

「番頭の又左衛門さんは、深川にお見えになるのですか」

「又左衛門さんは、もう先にいかれ、春世さまをお待ちのはずでございます」

春世は、番頭の又左衛門に挨拶をしなければならないのが、ちょっと気づまりに思えた。

真円屋の者は、番頭の又左衛門とは以前に一度、挨拶をしたことがあるだけで、何度か本所の屋敷を訪ねているという充治ですら、今日が初めてだった。

新シ橋袂の河岸場に、箱造《はこづくり》の屋根船が待っていた。

充治が歩みの板を進んで、「真円屋の者です」と言うと、菅笠をかぶった艫《とも》の年配の船頭が、「へえ、お待ちいたしておりやした」とこたえた。

春世とお杵が屋根船に乗りこんだ。あとから入ってきた充治は、頬かむりのまま艫の船頭へ障子戸越しに、

「船頭さん、お嬢さまはお疲れだから、慌てませんので静かにお願いします。鉄砲《てっぽう》洲《ず》から一旦向島の方へ出て、そこから深川の門前仲町《もんぜんなかちょう》までお願いします」

と、言った。

「へえ、門前仲町までまいりやす」

しゃがれた船頭の声が、障子越しに聞こえた。

屋根船には行灯が灯され、おき炬燵《ごたつ》があり、ぬるいけれども茶も飲めた。

すぐに船は、三十間堀へ漕ぎ出した。

閉めた障子戸は、早くも暗く染まっていた。ごと、ごと、と櫓がもの憂く鳴り、両岸の船宿や茶屋から、男と女の笑い声や三味線の音が聞こえた。

春世は暖かな炬燵に膝を入れ、お杵とまた今日の狂言の話に花が咲いた。

充治は炬燵には入らず、艫の障子戸を背に肩をすぼめて畏まっていた。手拭の頬かぶりもとらなかった。

「ねえ、充治さん、姫川菱蔵の師匠は市瀬十兵衛《じゅうべえ》で……」

と、お杵が希《まれ》に話を向けても、狂言の話題に関心はなさそうだった。お店の上役の又左衛門に命ぜられ、忠実にお客の接待役を務めているという姿勢をくずさなかった。

そう言えば、早朝、芝居茶屋に着いてからこれまで、充治が一度も笑顔を見せていないことに気づいた。幾ら務めでも、もう少し打ちとけたっていいのに、気の利かない、と春世はかすかな苛《いら》だちを覚えた。

まれに充治と目が合い、妙に鋭い眼差しが、何かしら薄気味悪かった。

若いのかそうでもないのか、はっきりしない顔だちだった。

母親に、「仏頂面《ぶっちょうづら》をしてはいけませんよ」と言われているので、知らぬふりをしていたけれど。

三十間堀を抜け、南八丁堀へ折れた。

「今、どこら辺ですか」

お杵が訊いたので、充治がたてた障子を少し開け、外の景色をのぞいた。

「暗くてよくわかりませんが、南八丁堀です。ほどなく稲荷橋かと」

充治が無愛想にこたえた。障子を少し開けたままにして、また肩をすぼめた。

南八丁堀界隈は炭や薪の問屋が多く、両岸に土手蔵がつらなっている。夕暮れに包まれた河岸場に、幾艘もの船影が見えた。

春世は疲れを覚えた。炬燵が暖かく、眠くなった。充治がいるので、あくびを噛み殺すのに苦労した。化粧も気になった。

南八丁堀の稲荷橋をくぐると、堀は亀島川《かめじまがわ》と合わさり、鉄砲洲稲荷の先の海へそそいでいく。

船は鉄砲洲の海へ出て、暗い海の南の方に佃島《つくだじま》の寂しげな町明かりと石川島《いしかわじま》の島影を見やって、大川河口へと漕ぎ進んだ。石川島の北側と東側にかけて、蘆荻《ろてき》に覆われた出洲《でず》ができていて、石川島の一帯は向島とも呼ばれていた。

末広河岸《すえひろがし》で貸船屋を営む大迫屋《おおさこ》の船頭・徳助《とくすけ》は、向島の北側をとって大川河口を横ぎり、深川の大島川《おおじまがわ》から八幡橋《はちまんばし》の河岸場まで客を送るつもりだった。

客は森多座の芝居見物帰りの女が二人と、接待役の真円屋の充治という手代と聞いていた。

夕暮れどきの薄暗がりの中で、女の顔も充治の顔もよくわからなかった。

充治は手拭を頬かぶりにして、陰気な様子の手代らしくないふうに見えたが、気にならなかった。この手の男は、ご祝儀をはずんでくれそうにないのがわかっていたので、それが気になった。

船のゆく手に、深川の新地の町明かりがゆらめいていた。

日が暮れてだいぶ冷えこんだ。風はなく、波も大したことはなかった。はるか沖の方には、漁火《いさりび》がぽつぽつと浮かんでいる。

佃島の町明かりが向島の陰に隠れたころ、東の方の海に船影がひとつ見えた。その船に明かりが見えなかったので、ちょっと妙だとは思いつつ、さして気に留めず船を漕ぎ進めた。

夜の帳がおりた静かな海に、櫓の音だけが寂しげだった。

と、そのときだ。

障子の奥で行灯が消えたのとほぼ同時に、男の甲走《かんばし》った声が聞こえた。

「春世さま……からお慕いして……共にあの世で……」

甲走った声でそんなふうに喚いたのが、意味の不明な中にも途ぎれ途ぎれに聞きとれた。

「ああ？　なんだ？」

と、首をかしげた途端、女の悲鳴が上がった。そして、どど、と船がゆれ、「お嬢さまっ。誰かあ」と、もうひとつの女の声が叫んだ。

いけねえ——と、徳助は慌てて櫓を艫に上げ、屋根船の障子を開け放った。

「どうしたあっ」

徳助が屋根の下の暗がりに怒鳴った。

その暗がりの中では、頬かぶりの男の影が片膝だちになって、女の胸をひと突きにしているところだった。

もうひとりの女の影は、舳《みよし》の方に仰向けになって「うくう」とうめき、身体を引きつらせていた。

震えている胸のあたりから、黒い血があふれ出ているのがわかった。

胸をひと突きにされた女は、長い悲鳴を引きずって倒れ、投げ出した手が障子を突き破った。黒い血が噴き、障子に飛び散った。

「てて、てめえ、何を、や、やっていやがる」

徳助は男の影へ、再び怒鳴った。

だが、屋根に手をかけ暗がりをのぞきこんだものの、足が前に出なかった。

男の影が、徳助に出刃包丁らしき得物《えもの》を突きつけているのがわかった。

「くるなっ」

と、影が徳助に叫んだ。

「これからわたしは死ぬ。春世さまとあの世で夫婦になるのだ。邪魔をするなら、おまえも道連れにするぞ」

暗くて見えなくとも、男は血まみれになっているのに違いなかった。

徳助は足がすくみ、どうしていいのかわからなかった。

「そんな、おめえ……」

恐ろしくて、あとが続かなかった。どう見ても、充治という手代が無理心中におよんだのだ。

「いけえっ。さもないと」

充治が、ぶんぶん、と出刃包丁をふり廻した。

頭がいかれていやがる。こんないかれた野郎のとばっちりをかぶるのは、真っ平だ。暗い海は冷たそうだし、恐ろしかったが、船に残ったら自分も刺される。

「殺すぞおっ」

充治が叫んだ瞬間、徳助は艫から海へ身を躍らせていた。

恐さが先にたって、水の冷たさも堪《た》えられた。海へ飛びこんだとき、菅笠はどこかへいってしまった。

海面へ頭を突き出し、ぶはっ、と息を吐いた。

一瞬、星空が見えた。

次に鉄砲洲の方の町明かりが、波立つ海面の先に見えた。

抜き手でそちらへ向かうしかなかった。

抜き手でゆきながら、船の方へふりかえった。艫に充治の影が現われ、徳助の方を睨んでいる気がした。

いけねえ、いけねえ。やってられねえぜ。

徳助は、鉄砲洲の方角の町明かり目指し、抜き手を繰りかえした。

泳ぎは得意だったし、それほどの隔たりではなかったのに、なかなかいき着かなかった。

五十代の半ばをすぎた身体には、暗く冷たい海はきつかった。

本湊町《ほんみなとちょう》の河岸場らしき暗がりへ、必死で声をかけた。

「おおい、助けてくれえ」

徳助の声に気づいて、人が出てくる様子はなかった。

もう一度叫ぼうとしたとき、「くわあ」と、後方より男の悲鳴が海面へ響いた。

充治の悲鳴に違いなかった。

また船へふりかえると、星空の下の船影はまるで黄泉《よみ》へ旅だつかのように、闇の彼方に消えかかっていた。悲鳴も二度と聞こえなかった。

二

末成り屋の一階板敷に、天一郎、修斎、三流、和助に、森多座の芝居見物の帰りに寄り道した美鶴とお類の六人が、炭火の熾る南部鉄の火鉢を囲んでいた。

美鶴とお類は、芝居茶屋の食べきれなかった〝美食高料〟の弁当や菓子などを、四人の土産《みやげ》に持ってきたのである。

玉子焼、焼魚、蒲鉾《かまぼこ》、蒟蒻《こんにやく》に焼豆腐の煮物、寿し、そして羊羹《ようかん》や饅頭《まんじゆう》、かりんとう、金平糖《こんぺいとう》などの甘い菓子など、色とりどりのご馳走《ちそう》である。

六人の座は、森多座初春狂言、姫川菱蔵の《義経千本桜》の話で盛り上がっていた。夢中になって話しているのは、一番小娘のお類である。

「菱蔵がいい味を出しているのよ、これが。若さの瑞々《みずみず》しさの中に、ほのかに市瀬一門の積み重ねた芸の円熟味が備わってきているのね。去年の顔見世狂言では舞台に立てなかった困難から、菱蔵は初春狂言で見事にたち直り、復活を果したと言っていい出来栄《できば》えだったわ。ねえ、美鶴さま。美鶴さまも菱蔵のすばらしい役者ぶりに、感心していらっしゃいましたものね」

お類が美鶴に賛同を求め、美鶴は苦笑しながらも頷いている。

和助がお類に同調し、菱蔵を持ち上げた。

「わかるよ、お類さん。姫川菱蔵は、市瀬十兵衛の六世を襲名するのは間違いなしと評判の役者だから、そりゃあ、見事な役者ぶりだったでしょう」

「ある意味では、去年の顔見世狂言の困難があって、菱蔵を役者としてより成長させたのかもしれないわね。なんだか、役柄を超えた凄みのようなものが、感じられましたもの」

お類は、まだ言い足りなさそうな素ぶりである。

五人はお類のませた物言いに笑わせられたが、お類は真顔である。

それから一同は、去年の顔見世狂言のときに森多座で起こった座元をめぐる陰謀の一件や、五世市瀬十兵衛ひきいる市瀬一門の隆盛ぶりなど、あれやこれやと、大芝居の話題がつきなかった。そんな中、不意にお類が、

「あ、そうだ。あのこと……」

と、肝心な出来事を忘れていた、みたいに唐突《とうとつ》に話を転じた。

「三流さん、じつはわたし、今日、見ちゃったんです」

お類は、悪戯《いたずら》っぽい上目遣いの眼差しを三流に向け、思わせぶりに言った。

「見た？　何を見たんだい」

三流がかりんとうを、がり、と噛み、お類へ大きな目を向けた。

「あのね、一番狂言と二番狂言の間に芝居茶屋でお昼をいただいた休憩のとき、三流さんのこのたびのお話のお相手の方を、お見かけしちゃったんです。たまたまですよ。お相手の方も、森多座の芝居見物にお出かけだったみたいです」

「お類さん、三流さんのこのたびのお話のお相手というのは、三流さんの婿入り話のお相手のことなのかい」

和助が三流の代わりに訊いた。

「そうですよ。藍色のずいぶん派手な振袖をお召しでした。すぐ目につくとっても明るいお色柄の……」

お類が思い出し笑いをするみたいに、口元を少し歪めた。

「美鶴さまは狂言に夢中でしたから、お邪魔にならないように、黙っていたんですけどね」

そう言って美鶴を見上げたお類の顔つきが、得意げだった。

まあ、と美鶴は気づいたが、知らぬふりをした。

「ほう、なるほど。言うまでもなく、その方はひとりではなく、どなたかとご一緒だったんだろうね」

和助が訊いた。

「芝居茶屋では、おひとりのところをちらとお見かけしただけですけど、二番目狂言が始まってから、わたしたちのいた桟敷から近い平土間の桝席におつきでした。お供の女の方と、お店の手代ふうの方の三人でした。手代ふうの方が後ろに控えておられ、どちらかのお店のお招きのようなご様子でした」

お類はまた、そうなんですよ、というふうに美鶴を見上げたので、美鶴は、そうなの、というふうに澄まして見せた。

「三流さんのお相手の方だと思うと、なんだかわたし、身近に感じちゃって、打ち出しのあと、機会があったら話しかけたかったくらい。でも、大勢の人中でしたからできませんでした。残念だわ」

「お類さん、その方に何を話しかけるつもりだったんだい」

「ですから、三流さんをよろしくお願いしますって」

お類が無邪気にませたことを言うので、みながまた笑わせられた。

「三流さん、お類さんが婿入り話を気にかけてくれていますよ」

と、和助が三流をからかった。

三流は半ば困惑し、半ば苦笑いになってお類へ言った。

「しかしお類さん、森多座で見かけたその方がわたしの婿入り話の相手と、どうしてわかったのだ。婿入り話はすでに終わっているし、その方は誰も知らないはずなのだが……」

三流は天一郎から、修斎、和助の順に見廻した。

「わたしは知らん。修斎はどうだ」

天一郎が修斎に言い、修斎が首を左右にふった。

「そう言えば、そうだ。わたしも知りませんでした」

和助が頭に手をおき、小首をかしげた。

美鶴も澄まして黙っている。

「知っていますよ。ほら、先だっての宵に三十間堀で、三流さんはその方と屋根船にご一緒だったではありませんか。偶然、美鶴さまとわたくしの乗っていた屋根船が三十間堀にさしかかり、紀伊國橋をすぎたところでいき違ったんですよ。その折り、三流さんとその方がご一緒だったところをお見かけいたしました。三流さんはわたくしたちに、お気づきではありませんでしたけれど。ねえ、美鶴さま」

お類はそれも得意げである。

「ああ、先だってのあれを、すれ違った船から」

三流は修斎と顔を見合わせ、あれか、というふうに頷き合った。それから、「美鶴さまにも見られていたのですか」と、向き直った。

「うかつでした。話は断ったにもかかわらず、あの日は兄が勝手にお膳だてして、無理やり船に乗せられたのです。わたし自身、相手の方とお会いしたのは、子供のとき以来です」

「三流が婿入り話を断ったと聞いていたから、あの日、その方と一緒の三流を見かけたときは意外に思った。ただ、単純にはすまぬ事情があるのだな、とも思い直した。だから言わなかったのだ」

美鶴がさり気なくかえした。

「そうでしたか。美鶴さまらしい。お気遣いありがとうございます」

「いいえ。いいんですよ」

と、こたえたのはお類だった。

そのとき、表の樫《かし》の引戸が激しく叩かれ、「おおい、末成り屋さん、開けるよ」と、大声がかかった。

表戸の明かりとりの格子の窓に、戸前の人影が見えた。途端、引戸が勢いよく引

き開けられ、

「末成り屋さん、向島で心中だ。しかも無理心中だ」

と、置手拭に三味線を担いだ新内流《しんないなが》しの男が喚いた。

新内流しは二人組で、扇子《せんす》一本のもうひとりが慌てて言い足した。

「ぶぶ、武家の女と商家の手代らしいぜ」

新内流しの二人は、末成り屋の並びのあばら家に住んでいる芸人である。

売子の和助は、置手拭をのせ流行の着物に三尺帯、襟に小提灯を差して字突きで読売をぽんと叩き、流行りの節をつけて華やかに唄いながら読売を売り歩く。

そのとき従える三味線弾きを、二人に頼んでいる。

読売の種になる話や出来事を末成り屋に持ってくれば、金になった。

「向島だな。美鶴さま、仕事が入りました。今宵はこれまでにて。馳走になりました。お類さん、またな。みな、本湊町までいくぞ」

真っ先に天一郎が立ち上がって、矢立《やたて》と小筒《ささえ》をつかみ飛び出した。

「よおしっ、忙しくなるぞ」

と、男たちと芸人らがばたばたと続いた。

美鶴とお類が残され、賑やかだった末成り屋が急にひっそりとした。火鉢には炭火が熾り、行灯が寂しげに残された二人を照らした。

「美鶴さま、無理心中って、無理やり心中することなんですか」

お類が美鶴を見上げ、訊いた。

「そうだね。どちらかは心中する気がないのに、一緒にあの世へと、無理やりもうひとりの道連れにされたんだろうね」

「いやだ。恐い。可哀想」

お類が美鶴の腕にすがった。

ふむ、気の毒な……

美鶴がかすかな吐息をもらした。

公儀は心中を愚夫愚婦《ぐふぐふ》の悪《にくむ》べきふる舞いと断じ、その風潮を助長するとして、板行《はんこう》、読売、芝居狂言にすることを厳禁してきた。殊《こと》に享保《きょうほう》年間は、

《……世上に有之無筋なる噂事、ならびに男女申し合わせ相果て候類を、心中と申し触れ、板行いたし読売候儀、前々より御停止の処、この間猥《みだり》に売りあるき候段相聞、不届きに候……》

と、禁止令を連発した。

また大岡忠相《おおおかただすけ》が、心中を《相対死《あいたいじに》》と号して止めようとした。忠の字と同じ心中というのはもってのほか、と相対死になった説もある。

また、心中を果たした男女への処罰も厳格に発令された。男女双方とも死んでいたら死体とり捨て、一方が死んで生き残った方は下手人《げしにん》の死罪、などを受けた。死体とり捨てとは、野ざらしである。むろん、葬儀は出せない。

にもかかわらず、心中は減らなかった。むしろ増えた。

享保の厳しい禁令により、心中物の読売は売り出せなくなったが、十数年後の寛《かん》保《ぽう》年間には、人情物として読売が流行し、一夜付け狂言として心中物の芝居が大あたりをとった。

為政者によって、厳しきときもあれば緩やかなときがあるものの、ともかく、心中物の読売種は必ずあたった。

末成り屋も、売れる心中物の読売種を逃すわけにはいかなかった。

天一郎たちが本湊町の海辺までくると、冷たい海風が少し吹いていた。

向島と佃島の島影が夜の帳の中に浮かんで見える海辺の通りは、すでにけっこうな人だかりだった。

佃島より北側の向島の海上に、屋根船と茶船が浮かんでいるのが、御用提灯の丸い明かりの中に認められた。暗い海の二艘の船の間で、黒羽織の町方同心や手先や町役人らしき姿が人形みたいに映し出されていた。

「本所のお武家のお嬢さまに恋慕《れんぼ》したどっかのお店の手代が、身分違いもいいとこで相手にされず、お嬢さまを甘言《かんげん》を弄《ろう》しておびき出し、この世で添い遂げられねえならあの世でと、無理心中におよんだって言うぜ」

「どこのお店の手代だい」

「そいつはまだわからねえが、小僧奉公からの叩き上げの、分別盛りの年ごろだそうだ。それが何を血迷ったのかね」

「本所のお嬢さまってえのは？」

「それもまだわからねえ。ただし、本所界隈じゃあ一番の器量よしと評判のお嬢さまだったらしい。そんなに器量よしじゃあ、分別盛りが血迷うのも無理はねえか」

と、人だかりの中で男たちが噂している。

「修斎、三流、ああいう噂話をそれとなく訊き廻ってくれ。嘘か本当かは詮索《せんさく》しなくていいし、似たような噂でもかまわない。できるだけたくさん集めてくれ」

「わかった」

「任せろ」

「あっしらも手伝いやす」

と、新内流しの二人も言った。

「頼む。そっちの手間賃も払うぞ」

「へえ、ありがとうございやす」

「天一郎さん、わたしは何を？」

「和助とわたしは、町方の話を訊く」

天一郎が顎で示した堤端の鉄砲洲稲荷に近い方角に、黒羽織の町方の背中があった。町方の周りを本湊町の自身番《じしんばん》の提灯を提げた店番、手先らしき男、戸板や筵ござを持った人足らがとり巻いていた。

亡骸を運ぶためか、堤道に大八車が三台並んでいた。

町方は海の向こうの、御用提灯の明かりにくるまれた船をじっと睨んでいた。

「あ、あれは初瀬の旦那ではありませんか」

「そうだ。和助、いくぞ」

天一郎は修斎と三流に、頼んだ、と目配せを送り、人だかりを分けて初瀬十五郎に近づいていった。

「旦那、初瀬の旦那……」

船着場の歩みの板の手前に佇んでいる、初瀬の背中に呼びかけた。

みながいっせいにふりかえり、店番が提灯を天一郎と和助の方へかざした。

「よう、天一郎かい。早えな。読売は末成り屋以外、まだどこもきてねえぜ」

初瀬がふり向き、にやりとした。

「築地界隈はうちの近所なもんで、たまたま騒ぎが聞こえやした」

天一郎は初瀬から、顔見知りの初瀬の手先らへもそつなく会釈を投げた。

初瀬と話すときは、言葉使いも町民ふうに変える。

「無理心中と聞こえやしたが、二人とも、もう仏さんなんでやすか」

「そんなこと、読売屋に話せるかい。と言いながら、おれも知らねえんだ。知らせを聞いてきたときは、あそこで当番方《とうばんかた》の検視が始まってた。検視が終わって戻ってくるのを待っているのさ」

「お武家の女と商家の手代という噂も流れておりやす。本当なんでやすかね」

「どうだかね。心中した本人に訊いてみな」

初瀬がはぐらかし、手先や店番らがへらへらと笑った。

「あっしらもここにいて、かまいやせんか」

「ああ、かまわねえが、調べの邪魔にならねえようにするんだぜ」

初瀬が再び背中を見せ、手先や店番らも海の方へ見かえった。

ほどなく、向島の方の二艘が動き始めた。

前の茶船の舳に御用提灯がかざされ、検視のすんだ同心の黒羽織が御用提灯のそばに見えた。

茶船の後ろからくる屋根船の舳にも、御用提灯を提げた手先が立っている。

「検視がすんだようだな。船が戻ってくる。おい、徳助を連れてきてくれ」

初瀬が手先に言った。手先が自身番の方へ駆けていくのと入れ替わりに、人だかりが、船がくる船着場にざわざわと集まってきた。

店番たちが、「さがって、さがって……」と、人だかりを押し戻した。

船はいつまで待っても近づいてこぬかのように、御用提灯の明かりを暗い海に人《ひと》魂《だま》みたいにゆらめかしていた。それでも、やがて舳の御用提灯の字が読めるほどになり、二艘が続いて船着場に横づけされた。

戸板と筵ござを持った人足らが歩みの板をゆらし、屋根船の中に入っていく。

そうして、筵ござをかぶせた亡骸を戸板にのせ、堤上に運び出した。堤上に並べられた亡骸は、三つあった。

初瀬と当番方の若い同心が、亡骸の傍らにかがんで、筵の下をのぞきながら、小声で何か言葉を交わしていた。

当番方が得物で人を刺すような仕種をして見せ、初瀬が頷いた。

「旦那、徳助を連れてきやした」

手先が、分厚い綿入を着こんだ年寄りを連れて戻ってきた。

「おう、徳助、仏とご対面だ」

初瀬が亡骸のそばから立ち上がり、こっちへ、と徳助を手招いた。

綿入を着た徳助は白髪の年寄りで、月代《さかやき》に薄い毛がまばらに生え、小さな髷が歪んでいた。手先に背中を押され、亡骸のそばへ近寄った。

「徳助という男は、船頭なのでしょうか」

和助が天一郎にささやいた。

「たぶん、そうだろう。海へ飛びこんで逃げたのかもしれないな」

天一郎は、綿入を着せられているのは海へ飛びこんで逃げたからだろう、と徳助の乱れた様子を見て思った。

当番方が筵ござをめくって、徳助に亡骸を確かめさせた。

提灯の明かりを近づけた最初の亡骸は、年増の女だった。小紋模様の地味な色合いの着物で、武家のお嬢さまらしくは見えなかった。

胸を深々と刺された跡が、黒い穴のように見えた。あちこちで溜息がもれた。念仏を唱える者もいた。

徳助が当番方に何かを訊かれ、首を細かくたてにふった。

二つ目の亡骸は、男だった。手拭で頬かぶりをしていて、顔は見えなかった。だが、首筋をざっくりとやったらしい疵跡《きずあと》から噴いた血で、手拭も顔も、手代のお仕着せらしい着物の肩や胸のあたりも、黒々と染まっていた。

そのため年ごろまでは、よくわからなかった。

あまりのむごたらしさに、とり囲んだ人だかりの間からどよめきが起こった。

当番方にまた訊かれた徳助は、首をかしげたりふったりした。

そうして三つ目の亡骸に移り、当番方が筵ござをめくった。明るい藍色に黄色の裾模様の入った振袖姿だった。若い女ではなかった。

ただ、この女が手代の無理心中相手のお嬢さまであることは明らかだった。

やはり、心の臓あたりをひと突きにされ、胸の周りへ噴き出した血で、大きな穴のように黒い染みを作っていた。

刺されたときの驚きの顔が、そのまま残っていた。

「あれが本所一番の美人のお嬢さまかい」

ささやき声が、人だかりの中からひそひそと聞こえた。無理心中を果たすからには、よほどいい女だろう、とみな思いこんでいて、女の容姿がそれほどでもなかったことが意外なふうだった。

失笑のようなものさえ起こった。と、突然、

「ああっ」

と、失笑をふり払うような喚声が起こった。

声の方を向くと、三流が見えた。女の亡骸を睨んでいた。隣に背の高い修斎がいて、天一郎と修斎の目が合った。

「お、三流、おめえもいたのか。おめえ、仏に見覚えがあるのかい」

初瀬が三流に気づいて言った。

「は、はい。存じております。この女の方は実家の近所の……」

三流が人だかりから抜け出し、腰を折って女の亡骸に見入った。

御用提灯が近づけられ、女の顔を明々と照らした。

「間違いありません。こちらの女の方は、本所の御家人・市川繁一さんの娘の、春世さんです」

三流が春世を見下ろしたまま、大きな目をさらに見開いていた。

「本所の御家人・市川繁一の娘の春世だな」

初瀬が繰りかえした。

そこへ、南八丁堀の方からやってくる提灯の灯が見えた。数人の商人風の男たちだった。

「旦那、本両替町の真円屋さんが見えやした」

初瀬の手先が言った。

三

天一郎と和助が末成り屋に戻ったのは、夜の四ツ半（十一時）すぎだった。

修斎と三流が、南部鉄の火鉢を挟んで着座し、二人を分厚い沈黙の殻《から》が覆っていた。膝の前には、酒をついだ湯呑と徳利がおいてある。しかし、二人は殆ど口をつけず、ただむっつりとしたときが刻まれただけだった。

「お帰り」

修斎は表口の天一郎と和助に言った。しかし、三流は天一郎らが戻ってきたのを気づかぬかのように、太い腕を組み、物思わしげに顔を伏せていた。

「待たせた」

天一郎と和助は板敷に上がり、火鉢の周りを囲んだ。

「冷えたろう。燗《かん》にするか」

「いや、それほどでもない。わたしは冷《ひや》でいい。和助はどうだ」

「わたしも冷で。喉が渇きました」

修斎が新しい湯吞に徳利の酒をそそぎ、天一郎と和助の前においた。

「片づけをしてくれたのか」

天一郎が湯吞の半分ほどで喉を潤《うるお》し、行灯の明かりがわずかに射す薄暗い竈と流し場のある土間を見やった。

「いや。美鶴さまとお類さんが、片づけてくれたのだろうと思う。戻ってきたら綺麗になっていた。天一郎と和助の文机《ふづくえ》もな」

「ほんとだ」

と、和助が目を丸くした。

「また勝手に、あれこれ見られたのだろうな」

天一郎は、片づけられた文机へ苦笑を投げた。

末成り屋は、東側の築地川と堤道に向かって樫の引戸の表戸があって、前土間と小広い板敷を隔て、西側の土間に竈と流し場の台所と、采女ヶ原の馬場へ出られる背戸口がある。

一階は南側の壁ぎわに天一郎と和助の仕事机が並び、板敷の半分以上の北側は読売の売れ残りや買いおきの半紙の置場、そして屛風《びょうぶ》で囲った一画に天一郎の寝起きする寝所がある。

表戸から土間に入り、板敷を上がった正面に広い板階段が二階の切落口《きりおとしぐち》へのぼっている。二階は絵師の修斎と、彫りと摺りの三流の仕事場である。

天一郎は文机から、顔を伏せてふさいでいる三流へ顔を向けた。

三流は黙って俯《うつむ》いている。

「事情はわかったのか」

修斎が訊いた。

「大筋のところはつかめた。三流、市川春世さんへ無理心中におよんだのは本両替町の両替商・真円屋の充治という手代だ。春世さんの供をしていた下女のお杵までが、充治の無理心中のとばっちりで刺された」

「それは、むごいな」

「気の毒だ」

「まったく、理不尽《りふじん》な話ですね」

「初瀬さんによれば、充治は三十四歳。真円屋の貸付掛《かしつけがかり》の手代だ。貸付掛・大番頭の又左衛門支配下の、集金方《しゅうきんかた》だった。先だって、市川繁一さんは武家への金貸しのみならず、本両替町の両替商とかかわりを持っていると、三流から聞いたな」

ふむ――と、今度は頷いて言った。

「市川さんは真円屋に金を預け、真円屋が金持ちから預かった元手を米相場や大名貸や手形の売り買いなどで働かせて利益を生み出す。市川さんはその利息を得ている金持ちのひとりだ。集金方の充治の掛の中に、市川家があった。充治はお得意さま廻りで、しばしば市川家にもうかがっていた」

「そこで春世さんを見初《みそ》め、前から恋焦がれていた。しかし身分違いでどうにもならず、ついに無理心中におよんだ、というわけか」

「そうなる。今日は真円屋の招きで、春世さんとお供のお杵が森多座の初春狂言の芝居見物に出かけた。夕六ツに芝居がはね、夕食の接待を受けるため新シ橋の河岸場から、これも真円屋の調えた船で門前仲町の料亭へ向かう途中だった」

「接待は、手代の充治ひとりだったのか」

「本来は、大番頭の又左衛門が計らった招きで、又左衛門が接待にあたるはずだった。それが又左衛門に急な用が入ったため、市川家が掛の充治に接待役が廻ってきた。充治はこれを好機と思いつめたのか……無理心中は偶然だ。又左衛門に急用が入らなければ、事は起こらなかった」

修斎は溜息をつき、三流は黙りこんだままである。

天一郎はそれからさらに、船頭の徳助が見た無理心中のあり様を話した。

「……それで徳助は、夜の海へ飛びこんで逃げた。本湊町の船着場の方へ助けを求めて泳いでいる途中、充治の叫び声が聞こえたそうだ。得物は出刃包丁だ。早朝からの芝居見物の間中、ずっと懐《ふところ》に忍ばせていたと思われる。芝居どころではなかったろう」

「周りに船は、いなかったのか」

「徳助によれば、事が起こる少し前に、向島の出洲の東の方に船影を見たが、向こうは気づかなかった、と言っているようだ。ともかく、恐ろしくて海へ飛びこんで逃げる以外、ほかに考えは浮かばなかったらしい」

「そういう事情なら、無理もないか」

「ですが、すこうし妙な事情もないわけじゃないんです。ですよね、天一郎さん」

と、和助が口を挟んだ。

「妙な事情？　なんだ」

　修斎が言うと、三流が伏せていた顔を上げた。

「充治は手代ですが、女房がいるんですよ。生まれて丸一年もたたない子供もいましてね。小僧のときから奉公して、お勤めひと筋の手代ですから女房をもらうのはなかなかむずかしい。子ができて、真円屋の主人に仕方なく許された恋女房らしいのです。住まいは小伝馬町《こてんまちょう》一丁目の裏店だそうです」

「確かにそれは妙だな。恋女房がいて子供がいて、両替商の手代となると給金もそれなりにある。そんな男が無理心中か」

「それに、市川家の春世さんは三十を幾つか超えていますよね。充治の女房は充治より十ほど若く、なかなかの器量よしだそうです。若い器量よしの女房より、春世さんがよかったんですかね」

　和助が考えを訊くかのように、三流へ顎を突き出した。

「ねえ、三流さんも妙に思うでしょう」

「しかし、船頭の徳助のほかには三人しか乗っていない屋根船で、三人共に命を落とした。徳助は海へ飛びこむ前、充治がお杵の胸を刺しているところは見ている。充治は自分もこれから死ぬと言って、徳助に出刃包丁を突きつけた。春世さんはすでに胸をひと突きにされ、血を噴いて倒れていた。充治の首に刃を入れられるのは充治本人しかいない。どう考えても、これは充治の無理心中だ」

修斎と和助が、ふうむ、とうなった。

天一郎は、表情を曇らせている三流を見かえした。

「明日には、江戸中の読売屋が向島心中種で、読売を売り出すだろう。一夜付け狂言も打たれるだろう。しかし三流、おまえの戸惑いはよくわかる。おまえがいやなら末成り屋はこれを読売種にはしない。おまえが決めろ」

「すまん……」

三流がようやく、ぼそ、と言った。

「いいんだ、三流。気にするな。儲かりさえすりゃなんだってやる読売屋とは、末成り屋は違うのだ」

修斎が言った。

「そうですとも。よそはよそ、末成り屋は末成り屋です。それでいいんですよ。じゃあ、決まりですね、天一郎さん」

ふむ、と天一郎が湯呑をあおった。すると、

「違うんだ、天一郎」

と、三流が身を乗り出した。

「いかがわしき読売屋になると決めて、末成り屋を始めた。男と女、世間の営み、お上の政、どれも正しく見えるが、正しき中にもいかがわしさありだ。部屋住み暮らしだったから、それが身に染みてよくわかる。人が目をそむけるいかがわしさをほじくり出すのが、読売屋だろう。自分らの都合のいいことをほじくり出すだけなら、いかがわしさも偽物というものだ」

三流は修斎と和助を見廻した。

「いかがわしき読売屋らしく、末成り屋もいかがわしき金儲けをしよう。向島心中を読売種にしようじゃないか」

天一郎は、束の間、三流を見つめた。

「まったくだ。いかがわしき読売屋が、いかがわしきふる舞いを失くしたら、読売屋など、ただの阿呆だ」

修斎が自分に言い聞かせるように言った。

天一郎が高笑いを土蔵内に響かせ、続いて修斎と和助が高らかに笑った。

「よかろう。これからすぐに向島心中物を書く。修斎は絵を描け。読売が摺り上がるまで、眠れぬぞ」

翌日はもう、春二月《きさらぎ》である。

昼すぎ、駿河《するが》半紙の大一枚を半切に読売が摺り上がった。それを畳んだのが二枚だてで、値段は四枚だて八文の半分の四文である。

和助が置手拭に字突き一本で、摺り上がったばかりの読売を小脇に抱え、

「これはこのたび、向島でありました無理心中。世にも悲しい男と女、恋の顛末《てんまつ》でございますぅぅ……」

と、まずは木挽町の広小路から売り歩いた。

和助が威勢よく飛び出してから、天一郎と修斎、三流の三人が、向島心中種続編の思案を練っていたところへ、四半刻（三十分）ほどすると和助が駆け戻ってきた。

「大変だ大変だ、天一郎さん。大あたりです、向島心中が売りきれました」

天一郎は即座に立ち上がった。

「三流、夕暮れまでに摺れるだけ摺れ。修斎は至急、二番目の絵にかかれ。わたしは二番目を祭文《さいもん》ふうに拵える。和助は夕刻から三味線つきで売り歩くのだ。みな、まだ休んではいられぬぞ。支度にかかれ」

三人があわただしく支度にかかった。

そうして、夕刻に和助が三味線二棹《さお》をひきいて売り歩いた摺り増し分も、木挽町界隈だけで四半刻経たずに売りきれた。

「驚いたな。これほどのあたりになるとは思わなかった。これはまだいける」

よし、やろう、と話が決まって、雇いの二人の職人も共に、二晩目は夜明け近くまで摺り増しに大わらわのあたり種となった。


二月三日の午後、本所緑町《みどりちょう》一丁目の往来を北へ数町。南割下水近くにある市川繁一の屋敷を、三流は裃《かみしも》をつけて訪ねた。

のどかな昼下がりだった。

向島の無理心中があった四日前の夜から一昨日、昨日、と末成り屋に泊まりこみが続き、今日、ようやく休みをとったのである。

三流の実家は近所だが、顔を出す気はなかった。

事情はどうであれ、市川繁一夫婦と春世とは、ほんの数日前に三十間堀の船で顔合わせをした間柄である。悔やみを述べるために訪ねたのだった。

ただし、両刀は帯びていなかった。

往来から生垣や四つ目垣、板塀などに囲われた武家屋敷地の小路へ折れ、さらにもうひとつ折れた一画に、そこだけが漆喰《しっくい》の土塀に囲われた裕福そうな屋敷があった。市川家の屋敷だった。

三流が子供のころは土塀ではなく、古びた板塀に囲われていたのを覚えている。

小路に両開きの屋根門があり、門前に地味な羽織を着けた着流しの人だかりがだらだらとたむろしているのが見えた。

人だかりの中には置手拭の、いかにもという風体が認められた。

市川夫婦、あるいは家人に向島心中の話を聞くため、読売屋らが待ちかまえている。裏口へ廻っても、同じに違いなかった。

三流は板塀の角で立ち止まり、ゆくのをためらった。

しかし、ここまできて悔やみを述べずに引きかえすことはできなかった。

ぐずぐずと迷った挙句、いくしかあるまいと角を折れた。

と、そのとき門の潜戸《くぐりど》が開かれた。三流は再び歩みを止めた。

潜戸から市川繁一が、のそ、とくぐり出てくるのが見えた。中間《ちゅうげん》らしき供を従えていた。

散らばっていた人だかりが、慌ただしく門前へ集まり、市川をとり囲んだ。

「市川さま、お嬢さまと手代の充治との関係は本当に何もなかったんでやすか」

「充治が春世さまを慕っていた様子にお気づきにならなかったんでやすか」

市川さま、市川さま……

と、読売屋らは言葉を浴びせかけた。

市川は相手にせず、しかめ面をまっすぐ前へ向け、人だかりを分けた。三流の佇む角の方へくる気配である。

ところが、供の中間を押しのけ後ろから市川に声をかけようとした読売屋と押しのけられた中間が、「邪魔だ」「何をする」と、つかみ合いを始めた。

それを止めに入った別の読売屋が市川の肩にぶつかり、よろけた市川が隣の読売屋にまたぶつかったのだ。

そこで、我慢していた市川の堪忍袋《かんにんぶくろ》の緒《お》がきれた。

「無礼者っ」

怒声を発し、羽織の裾を払って刀を抜き放ったから、「わあっ」と、読売屋らは散らばった。

市川は薄くなった髷に白い物が目だつ年配だった。だが、刀をふり廻す様子は、腹だたしくてもう我慢ならぬ、というふうだった。

「おのれ、いかがわしき読売屋らめ……」

市川が、前や後ろへと読売屋らを追いかけ廻した。

「あぶない、あぶない」

数人の読売屋らが三流のいる角を曲がって逃げていき、すぐ後ろから市川が刀をふりかざし追いかけてきた。

「待て。成敗《せいばい》いたす」

が、角を曲がって叫んだ途端、ずるっと足をすべらせ転倒した。

「あいたた」

草履《ぞうり》の片方が三流の足下まで飛んできた。

「旦那さまっ」

中間が駆け寄り、市川を助け起こした。

「人の不幸がそれほど面白いか。人の悲しみがそれほど愉快か。おのれらは人ではない。死体をあさるけだものだ。いや、うじ虫だ」

助け起こされながら、市川は読売屋らへ罵声を投げた。

「市川さま、おけがはございませんか」

三流は腰をかがめて草履を差し出し、頭を垂れた。

「ああ？」

市川は、はあはあ、と息を荒らげ、三流へ見かえった。中間が三流から草履を受けとり、主人の足下においた。

「本多広之進でございます。このたびは、まことにご愁傷《しゅうしょう》さまでございます」

三流は膝に手をあてがい、目を伏せて言った。

「おお、おぬしは……」

と、小路の先へ逃げた読売屋らへ向けていた刀を、三流へ突きつけた。

「ご愁傷さまだと？　な、何しにきた。春世はもうおらん。おぬしが家へくる用はない。今さら未練たらしくきても手遅れなのだ」

市川は気を昂《たか》ぶらせ、雑言《ぞうごん》を吐き捨てた。突きつけた刀が震えている。

「それとも何か、わが家を嘲《あざけ》りにきたのか。春世を愚弄《ぐろう》しにきたのか。そうか、おぬしも死体をあさるけだものの、読売屋だったな。人の不幸を、人の悲しみを読売にするため、探りにきたのだな。その滑稽な形《なり》はなんだ。刀も差さず、道化《どうけ》役者のつもりか」

「いえ。決してそうではございません」

伏せた目を上げられなかった。

「そうだ。おぬしに言っておかねばならぬことがある。たとえ春世が生きておったとしても、おぬしのようなでき損ないを春世の夫にはせん。おぬしのような男を押しつけて、あの子には可哀想なことをした。本当に申しわけないことをした」

「旦那さま、あぶのうございます。刀をお納めくださいませ」

　中間がいさめた。

　三流はそこでやっと顔を上げた。

　市川は唇を嚙み締め、目を赤く潤ませていた。怒りを抑えている肩が、激しく上下した。

　それでも、突きつけていた刀を、力なく下ろした。

「わたしはただ、市川さまにお悔やみを申し上げにまいりました」

　三流は言った。

「お悔やみだと。ぬけぬけと。ならばもう聞いた。帰れ。人の迷惑も考えず、朝から晩までくる日もくる日もつきまといおって。おぬしら読売屋は、わが家になんの遺恨があってそんなことをするのか。どれほど人を苦しめたら、気がすむのだ」

「わかりました。退散いたします。何とぞご仏前にお供えくださいませ」

　懐の香典の包みを、うやうやしく差し出した。

「いらん。読売屋の香典など、汚《けが》らわしい。持って帰れっ」

と、市川は差し出した香典の包みを薙《な》ぎ払った。

「あっ」

香典の白い包みが小路に飛んだ。

中間が慌ててそれを拾い、三流へ差しかえした。

「どうぞ、これはお持ち帰りください」

「わかりました。春世さまのご冥福《めいふく》を、お祈りいたします」

三流は香典の包みを受けとり、深々と礼をして踵《きびす》をかえした。

四

一ツ目の通りをすぎた本所元町《もとまち》の河岸場で、具合よく汐留まで銀二匁《もんめ》で茶船を頼むことができた。

茶船は大川へ出て、春の日射しの下をゆるゆるとくだり、半刻後、三十間堀から汐留川に入って船宿《汐留》の船着場に着いた。

《汐留》に雇われている老船頭が、屋根船の障子戸のたてつけを直していた。茶船から歩みの板に上がった三流へ、

「お戻りなせえ」

と、白髪の目だつ髭面《ひげづら》をほころばせた。

「ただ今戻りました」

三流は船頭へ頭を下げた。

この船頭は、およそ十年前、三流がお佳枝に拾われ、《汐留》の下働きを始める前から、夫婦で汐留に雇われていた。

汐留の裏手の甚太郎店《じんたろうだな》に老夫婦で住まい、同じく神明《しんめい》前の七軒町《しちけんちよう》の裏店から通いの下女・お福の三人が、船宿《汐留》の使用人である。

汐留の表戸の腰高障子が河岸場のある往来に面しており、軒先に《船宿》と屋号の《汐留》の文字を記した看板行灯が出ている。

店わきの路地から、裏の勝手口へ廻った。

勝手の引戸を開けると、板敷の台所を隔てた内証より、声高《こわだか》な男の話し声と笑い声が聞こえた。

内証の引違いの腰障子が開いていて、十三蔵の胡坐《あぐら》を組んでいる姿があった。

十三蔵の隣に桃吉が坐っていた。十三蔵が傀儡の手の所作や胴串の操り方を、桃吉に手とり足とり、教えている。

桃吉は傀儡を操るのが面白そうな様子である。

ふと、十三蔵が勝手の土間に佇んだ三流を見つけた。三流と目を合わせ、ためらいもなく三流を睨んだ。そして、「よう」と言った。

桃吉が気づいて、三流へ傀儡をかざした。ほら、というふうに傀儡を動かして見せた。

かたかたと下駄を鳴らし、折れ曲がりの土間からお福が勝手に現われた。

「旦那さん、お帰りなさい」

三流に言ってから、不機嫌そうに内証の方を見た。

「お佳枝は、どうした」

「組合の寄合にお出かけです。あの人、いけ好かない。女将さんがいないものだから、勝手に上がりこんで……」

お福が小声で言った。

「そうか。今日は組合の寄合だったか」

「昨日もきて、あんなふうに馴れ馴れしく。女将さんが困っていたんですよ。でも女将さんの昔の……」

お福は言いかけた口を噤《つぐ》んだ。三流はお福へ微笑んだ。

今朝方戻るまで、向島心中の読売作りで末成り屋に泊まりこんでいた。十三蔵を見かえすと、内証からじっと目をそそいでいる。三流は板敷に上がり、内証へいった。

「先だっては……」

「出かけていたのかい」

十三蔵は帳場格子の座についていた。後ろの壁に神棚が祭ってある。そこは船宿を営む女将が坐る場所である。

「そういう扮装《なり》をすると、おめえも映《は》えるぜ」

十三蔵が帳場格子から袢姿の三流を見上げ、にやにやしてからかった。

仕方なく、三流は帳場格子の前に坐った。

桃吉が十三蔵の隣に並び、無邪気に傀儡を玩《もてあそ》んでいた。

「三ちゃん、上手いだろう」

桃吉は三流を《三ちゃん》と呼ぶ。

お佳枝はひと廻り年下の三流と懇《ねんご》ろになってから、本多さんでも広之進さんでもなく、《三ちゃん》と呼んでいた。

そのため、物心ついた桃吉も母親にならって《三ちゃん》だった。

四年前、近所にささやかな夫婦の披露目をして、お佳枝が三流を《あんた》と言うようになっても、桃吉は呼び慣れた《三ちゃん》のままである。

「桃吉、そこはこうやって見得《みえ》をきるんだ。そうだ、上手えぞ」

十三蔵は桃吉の肩に長い腕を廻し、手ほどきをしてやる。帳場格子から動く気配がなかった。

「桃吉、十三蔵さんと話があるのだ。向こうへいっていなさい」

三流が桃吉に言った。

うん、と桃吉は素直に頷き、傀儡を十三蔵にかえした。

「また、教えてやるからな」

桃吉が奥へ消えると、十三蔵は三流へにやにやとした。

「おれは操りの芸人さ。舞台にも上がるし、傀儡を操って八州も廻る。先だって連れてきた二人は、おれの弟子さ」

あひひひ……

何がおかしいのか、十三蔵は甲走った笑い声を内証にまいた。

「十三蔵さん、ここは汐留の内証だ。勝手に入られては困るのだ」

三流は袢の袴に手をおいて言った。

「勝手に入っちゃいねえぜ。お福だって承知してるし、なあお福」

と、土間のお福に声をかけたが、お福は顔をそむけている。

「第一、汐留の跡とりの桃吉がいたじゃねえか。お佳枝が後見人だが、汐留の男名前は桃吉だろう。おめえじゃなくてよ」

「男名前は関係がない。客商売をしているお店の内証に他人が勝手に入るのは、もめ事の元だ。使用人でさえ主人の許しがなければ内証には入らない。内証には商売に必要な帳簿もおいてある。それがわきまえだ」

「だからちゃんとわきまえて、ここで主人の桃吉と遊んでいたじゃねえか。通りかかりにちょいと顔を出したら、お佳枝はいねえし、亭主のおめえもいねえ。それじゃあ物騒だろう。おめえらが戻ってくるまで、おれが内証の番をしてやろうという親切心なんだぜ。お佳枝とは、おめえよりずっと古い仲だからよ」

「ならばわたしが帰ってきた。番は終わりだ。内証を出てくれ」

「わかってるよ。尖るなって」

「尖ってはいない。あたり前のわきまえを言っている」

三流は努めて抑えて言った。

「じゃ、帰るぜ。この傀儡は桃吉に譲るために持ってきた。お佳枝に言っといてくれ。桃吉は芸の筋がいいってな。誰の血筋かね。またくるからよ」

次にくるときは、と言おうとした言葉を三流は口にしなかった。

十三蔵が身軽に立ち上がった。台所の板敷から土間に下りると、内証にいる三流へ言った。

「そうだ。ちょいとそこまで、つき合ってくれねえか。おめえに二、三、訊きてえことがあるんだ」

三流は立ち上がった。

表戸から、汐留川沿いの往来へ出て、芝口橋の方へ向かった。

河岸場には幾艘もの船がつながれ、対岸の土手蔵の瓦屋根が、午後の日に照り映えている。もう少し夕刻が近くなれば、荷船が出入りして、河岸場人足の軽子らで賑わうが、その刻限にはまだ間があった。

川端の柳並木が、のんびりと枝を垂らしている。

三流は、芝口橋の方へ歩む十三蔵から二間ほど離れて従った。

十三蔵は三流より背が三寸ほど高く、縞の着流しの背中がいなせだった。お佳枝が惚れるのも無理はない、と思った。

芝口橋の袂に近い柳の木陰で、十三蔵が立ち止まった。芝口橋は新橋《しんばし》とも言い、新橋の往来を南へくだれば、品川宿《しながわじゆく》をへて東海道《とうかいどう》である。

十三蔵は腕組みをし、汐留川を見下ろした。横顔の鼻筋が骨張っていた。

「訊きたいこととは？」

横顔に声をかけた。

「おめえの素性をちょいと調べた。名は鍬形三流。末成り屋という読売屋の彫りと摺りをやっているんだってな。元は御家人の部屋住みで、養子に出された挙句、読売屋に身を持ちくずした。つまりその形で、二本をぶら下げていたわけだ」

十三蔵が三流へ顔だけを向けて、また甲高く笑った。

「ひと廻り年上のお佳枝と夫婦になって、汐留の主人に納まり、左うちわで暮らす腹じゃなかったのかい」

「わたしは彫師だ。お佳枝はそれを承知して夫婦になった。汐留は桃吉が継ぐ」

「けちな船宿なんぞ、どうでもいいってか」

三流はこたえる気にならなかった。

「おれとお佳枝の前を、おめえ、知ってるかい。おれとお佳枝の仲は、餓鬼《がき》のころからだ。おめえより倍は長いんだぜ」

十三蔵はすれた笑みを流した。

「十三蔵さんのことは知らなかったし、訊きもしなかった。先だって十三蔵さんが現われて、その夜、聞いた。別れた事情もだ」

「ばばあと、寝物語でかい」

「ばばあなどと、無体な物言いをして面白いか。みな年をとる。年をとった者をそしるのは、おのれをそしるのと同じだぞ。人と人の縁は、かけたときの長さに値打ちがあるのではない。人それぞれの心のありようで決まるのだ」

「ふん。読売屋の破落戸《ごろつき》が賢ぶりやがって。笑わせるぜ」

十三蔵は短い間をおいた。それから、

「桃吉はおれの倅だ。知らなかった。たまげたぜ。おれも桃吉の父親らしく、生きなきゃな。そう思うだろう、三流」

と、三流へ顔を向けた。

「勘違いするな。桃吉がお佳枝とあんたの間にできた子でも、あんたは桃吉の父親ではない。桃吉はお佳枝の子だ。わたしが育ての親になる」

「冗談じゃねえぜ。おめえなんぞ、三ちゃんじゃねえか。いいか、三流。血が騒ぐんだよ。それが親と子の、血のつながりってもんなんだ。親兄弟からうとんじられて捨てられたおめえには、わからねえだろうがな」

「十三蔵さん、血が騒がなかったから、十年も知らなかったのだろう。今さら無理だ。親が子を一人前に育てるということは、子に育てられて親が一人前の親に育つということだ。あんたは十年、どこで何をしていた。失った十年は戻ってこない。年をとったのはあんただ。自分の姿をよく見てみろ。あんたは桃吉の父親には、なれない」

ちっ、と十三蔵は舌打ちをした。

「わけのわからねえことをぬかしやがって。おめえの気どった侍言葉が、癇に障るぜ。形は読売屋の破落戸でも、心は侍でござるってか。ざけんじゃねえ」

十三蔵がいきなり長い腕をのばし、三流の裃の肩衣《かたぎぬ》をつかんだ。

「貧乏侍にすらなれねえから、読売屋の破落戸になっただけだろうが。おめえなんぞ、ぶっ飛ばすのは簡単なんだ。汐留川に放りこんでやろうか」

「放せ。あんたが都合よく思っているほど、たやすくはないぞ」

三流の肉の厚い掌が十三蔵の胸を勢いよく、どん、と突いた。

「おおっ」

十三蔵は突きの力強さに面喰らって肩衣を放し、だらだらと退いた。

三流と十三蔵は柳の木を挟んで、しばし、睨み合った。

二人の不穏な様子に気づいた往来の通りがかりが、「ふむ?」と顔を向けた。ひとり、二人と、立ち止まった。

「まあ、いい。おめえなんぞが相手じゃや、気が乗らねえ」

十三蔵が顔をそむけた。着流しの裾を翻《ひるがえ》し、草履を往来に鳴らした。それからふりかえり、吐き捨てた。

「預けていたものはもらいにいく。お佳枝に言っとけ」

第三章　木更津《きさらづ》の傀儡師《くぐつし》

一

六日目、移り気な江戸庶民の間で、向島心中は早や忘れられかけていた。すぎたことはもうない事、先のことはまだない事、江戸の町はただ、今ある事に夢中である。

末成り屋の土蔵もひと騒ぎがすんで、前の末成り屋に戻りつつあった。騒ぎが収まって、末成り屋の向島心中の二番目の売り出しは、様子を見て、ということになった。

その朝四ツ（午前十時）、天一郎と和助が出かける支度をしていた。

銀座町の地本問屋に、間もなく売り出す錦修斎の《築地十三景》の話し合いにいくのである。修斎と三流は、二階の仕事場でそれぞれの仕事にとりかかっている。

「いくぞ、和助」

「承知。修斎さん、三流さん、いってきます」

和助が階段の下から二階へ声をかけた。

おお……

と、二人の声がかえってきた。

ごろん、と表戸の樫の引戸が重たげに引かれたのは、そのときだった。

戸前に羽織袴姿の侍が立っていた。並びかけるように女が佇み、二人の後ろに挟《はさ》み箱を担いだ中間《ちゅうげん》ふうの姿があった。

侍は白髪の目だつ年配で、地味な小袖姿の女とは老夫婦に見えた。

老夫婦は表戸で身体をこわばらせ、薄暗い土蔵内を不安そうに見廻した。

侍の不安そうな目が、階段の下の天一郎と和助に留まった。

「あれ……」

と、和助が呟いた。

天一郎は老夫婦の不安を和らげるように、に、と笑みを作った。

老夫婦と中間が、土蔵内に辞宜《じぎ》を寄こした。

「おいでなさいませ。どうぞお入りください」

和助が明るく言うと、老夫婦は顔を見合わせ、ためらいつつ土間へ踏み入った。二人の後ろに従った中間が戸口の傍らに控え、用心深そうな目を向けてきた。

「立ったまま失礼いたします。ご用件をおうかがいいたします」

和助がまた言い、老夫婦は再び頭を垂れた。

「読売屋を営んでおられる末成り屋さんで、ございますか」

侍が少々嗄《しゃが》れた声で言った。

「さようです。こちらは末成り屋主人の天一郎。わたくしは和助でございます」

「天一郎でございます。お名前をお聞かせ願います」

天一郎が辞宜をかえして言った。

「それがしは市川繁一と申します。御公儀の小普請方に就いております。これは妻の和代《かずよ》、この者は奉公人の田助《たすけ》でござる」

和代が黙々と礼をし、戸口のそばに控えた田助が腰を折った。

市川繁一の名で、天一郎も和助も向島心中の春世の両親とわかった。

「われらは末成り屋さんにお勤めとお聞きいたした本多広之進どのと、少々のご縁がござりました。と申しますか、ご縁ができるところでござりましたが、不測の事態が起こり……」

「存じております」

天一郎が努めて穏やかに言った。

「本日は、本多広之進どのにお頼みいたしたき事があって、うかがいました。本多広之進どのは、おられますでしょうか」

「本多広之進はおります。ただ今呼んでまいります。このような店で仕事をしております。客間もございませんが、よろしければお上がりください。われらははずしますので、どうぞ、お気兼ねなく」

市川と和代は目配せして、小さく頷きあった。

「ご主人、天一郎さんでございましたな。何とぞ、ご同席をお願いいたしたいのでござる。じつを申せば、本多どののお人柄とわずかなご縁にすがって、末成り屋さんのお力をお借りするために、われら夫婦、うかがった次第でござる」

天一郎は感じるところがあった。

腹の底から、読売屋の好奇心が頭をもたげた。

「そうでしたか。ともかく、お上がりください。和助、三流を呼んでくれ。修斎も一緒にな」

はい——と、和助は踵をかえして階段を上がっていった。

市川夫婦は板敷に上がった。

年が明けて、来客用に藺《い》で編んだ円座の敷物をそろえていた。こんな土蔵の店でも、末成り屋の名が知られるにつれ、来客が増えていた。

天一郎は、円座に坐った市川夫婦に対座した。

ほどなく板階段が鳴って、和助、三流、修斎の順に下りてきた。修斎と三流は布《ぬの》子《こ》の半纏を着て、いかにもの職人風体である。

和助が茶の支度をしている間、市川は三流に「わが家のたったひとりの娘があのような事になり、一昨日は気が動転し」と、一昨日の非礼を詫びた。

「いえ。ご心情、お察しいたします。われら読売屋こそ、人の迷惑も考えず、無体非礼なふる舞いをいたし……」

「いやいやそれはもう。それもこれも人の営みでござるによって……」

などと三流と市川が言い合っているうちに、茶の用意ができ、和助が茶碗をそれぞれの前においた。そうして、修斎、三流、天一郎、和助の順に並び、市川夫婦と向き合った。

天一郎は、修斎から和助までを市川夫婦に引き合わせ、

「わたしが頭にはなっておりますが、末成り屋はこの四人で営んでおります」

と、話をきり出した。

「で、そこもとが、元は旗本の読売屋の天一郎さんでございますな。木挽町の広小路で末成り屋の場所を人に訊ねましたら、ああ、読売屋の天一郎さんだね、と申しており、こちらがすぐにわかりました」

天一郎は笑みをかえし、市川に言った。

「市川さまが、われらのような者のところに見えられましたのは、春世さまのこのたびの一件とかかわりのある、よほどのご事情と推察いたします。どうぞ、お話をお聞かせ願います。ご心配なく。市川さまの許しがなければ、読売種にはいたしません」

「いや。それが読売種になるのであれば、読売にしていただいて、けっこうでござる。妻と話し合い、それもよいと決心いたし、うかがったのです。なあ、和代」

和代が目を伏せたまま、「はい」とこたえた。

「ご推察のとおり、わが娘の春世と真円屋・手代の充治との無理心中にかかわる一件でござる。本多どの……」

と、市川が三流へ向いた。

「一昨日は、南町の奉行所に心中の一件の再調べを願い出たのです。ところが、とり上げてはもらえませんでした。事情は明らかである。新たな証《あかし》が見つからぬ限り、これ以上調べても無駄だと。まことに口惜しい。傍からは明らかに見えても、まっすぐに見れば、事情は明らかではござらん。この一件をいくら考えても、われらには、わけがわからんのでござる」

「事情は、明らかではないのですか？」

「明らかではござらん。まずもって言っておかねばなりませんな。それがしも家内も、春世と充治の一件は、心中、つまり無理心中ではないと思っております。いや、間違いなく、このたびの一件は無理心中ではござらん」

天一郎は市川を見つめ、「なぜ、そう思われるのですか」と、訊いた。

「充治には春世と無理心中をする、謂《い》われがない」

市川が断定する口調で言った。

「春世には養子婿を迎えるつもりでおりました。武家に限らず町民であっても、身分はあるし金もあるのだから、春世の婿となり公儀直参の御家人・市川家を継いでもらえればよかった。それが、春世の器量や気だてなど、そのほかにいろいろ障《さわ》りがあり、思うようにはいきませんでした。婚姻話がうまく運ばぬままときがすぎ、春世は年をとっていくし、困ったものだと焦りを覚えておりました」

和助と三流、修斎の三人の、身じろぎする気配があった。

「まことに言いづらいのですが、去年、本多どのの話をうかがい、ぜひ春世の婿にと、飛びついたのでござる。しかしながら本多どの、わが夫婦にとって、春世はかけがえのない娘でござりました。傍からなんと言われようと、いとおしい、自慢の娘だったのでござる」

三流は黙って、二度三度と頷いた。

「それがしは武家を相手に金を融通し、利息を得て、それなりの蓄えがあります。蓄えの中からわずかばかりを両替商に預け、両替商は得意先より集めた金を元手に米相場や手形の売買、大名貸などで働かせて儲ける。それによって預け金の利息が得られるのでござる。その両替商が本両替町の真円屋で、貸付掛の手代の充治が市川家の掛の集金方でございました。すでにご存じでしょうな」

「はい。聞いております」

「充治は南割下水の屋敷に、これまで二度ほど訪ねてきたことがござるが、大抵はそれがしが田助をともない、真円屋に出かけておりました。小普請方とは言え、公儀直参の家に両替商の手代が頻繁《ひんぱん》に出入りするのは、ご近所への体裁も悪い。充治がわが家に訪ねてきた折り、春世は挨拶に出ておりません。それがしの知る限り、春世と充治は面識がなかったはずなのです」

そう言ってしかめた顔を、市川は天一郎へ向けた。

「春世があまり人前に出たがらない気性のため、真円屋の者は、何年か前に貸付掛の又左衛門が屋敷に訪ねてきた折り、一度挨拶させたのみでござる。よって、春世は真円屋の充治の名前ぐらいは聞いておったでしょうが、会う機会はなかった」

「春世さまと充治は、面識がないのですか。それは確かに妙です。では、充治が偶然、外で、あるいはお屋敷を訪ねた折りに春世さまを見かけ、ああ、あれが市川家のお嬢さまかと知った、ということでしょうか」

「それもほとんどあり得ない。と申しますのも、半年ほど前の去年の秋、わたしは本気で充治に言ったことがあるのです。おぬしが侍になる気があるなら、市川家の娘婿に迎えてもよいと。充治は背丈があって、侍の形に拵えても見栄えのする身体つきをしておりましたし、年格好から言っても春世と似合っていた」

「三流、いや、広之進の話が始まる前ですね」

「さよう。手代は三十をすぎても独り身の者が多い。充治は真面目で、仕事の話しかしたことがなく、それがしはあの男が独り身だと思っておったのです。すると、お嬢さまがおられたのですか、存じ上げませんでした、と充治も春世のことは知らなかった。そのうえで、じつは自分にはすでに女房と子がおり、小伝馬町の裏店で所帯を持っていると言われたのです」

天一郎は隣の三流と顔を見合わせた。修斎も、妙だな、という顔つきを向けた。

「有能な商人を武家の養子に迎える話は、決して珍しくはない。のちに番頭の又左衛門にそのことを話すと、充治の女房は恋女房だの、子ができて仕方なく旦那さまのお許しが出ただのと聞かされ、とんだ恥をかきました。まったく、親馬鹿でござる。充治はそののちもわが家の掛ではありましたが、それ以後に訪ねてきたことはありません」

「それはおかしい……」

三流が呟いた。

「おかしいのでござる。あり得ぬのでござる。もしそののち、充治が春世を見初める機会があって、添いとげたいと思ったのなら、たとえ妻と子があっても、無理心中などせずとも、別の手だてを考えそうなものではありませんか。春世に養子婿が見つからず、父親のわたしが手代の充治にさえ声をかけたのですから」

「市川さま、お奉行所にそれを訴えられたのでございますか。充治が春世さまと面識がないことを……」

和助が不思議そうに訊いた。

「親は子の事をすべて知っているようで、知らぬ事はあるものだ。ともかくも、充治が春世におよんだ無理心中は、屋根船の船頭の目の前で起こった。供をしたお杵までが巻き添えになって命を落とした。船頭は充治に殺されかけ、あやうく海へ飛びこんで逃げた。そこまで明らかなのに、充治の無理心中に疑いようがないではないか、と町方は言ってとり合ってはくれませんでした」

「そうか。船頭の目の前で起こって、ほかには人がいないのですからね」

和助が、ふうむ、と溜息をついた。

「しかし、それではどう考えてもおかしいのでござる。充治は無理心中をせずともよかった。なのに無理心中を図り、手をくだした。なぜだ。事は明らかではない。一件には隠された裏がある。広之進どの、天一郎どの、そう思われませんか」

「隠された裏、と申しますと？」

天一郎は、市川を押しかえすように見つめた。

「一件は無理心中ではござらん。わが妻も同じ思いでござる。無理心中でないということは、春世は何者かの企《たくら》みにより、殺されたということだ。あるいは充治がわが市川家になんらかの遺恨を抱き、春世を殺害におよんで、そののち自ら命を断ったか……」

市川は無念そうに、唇を嚙み締めた。

「あいや、それがしにはわからぬ。さっぱりわからぬ。充治が手にかけたことは間違いなくとも、無理心中ではない。そんなことはあり得ぬのだ。それがしは、春世が何ゆえ手にかけられたのか、本当の事情が知りたいのでござる」

市川が天一郎と三流の方へ身を乗り出した。

「天一郎どの、広之進どの、それがしが末成り屋のみなの衆を雇いたい。金はありますぞ。望みのままの手間代をお支払いいたす。望みに足りなければ、家屋敷を形に入れてでも拵える。一体何があったのか、これは誰の差し金なのか、隠れた裏の企みを探り出してもらいたいのでござる」

市川がそこで、ぐぐ、と息づまり、涙を堪えているのがわかった。妻の和代はうな垂れて、両掌で顔を覆った。戸口に佇む中間もしおれている。

「そ、それがしがやれればいいのだが、侍のくせにこの年まで金勘定《かんじよう》しかしてこなかった。金勘定以外の、人らしい人同士のつき合いもない。おのれの娘がかような目に遭わされながら、何をしてよいのやら、途方にくれるばかりなのだ。末成り屋さん、何とぞお頼みいたす。愚かな親を、憐れんでくだされ」

「天一郎、どう思う」

三流が訊いた。

「天一郎、どうする？」

修斎が言った。

「天一郎さん……」

和助が言い、三流も天一郎を見つめている。

「あり得ぬことが、あった。それ以上のことはわからない」

天一郎は間をおいてこたえた。

「市川さま、これまでの人づき合い、ご自分の周りや、市川家のみなさんに以前起こった出来事などで、何か気になる事、思いあたる事はございませんか。どんなにささいな事柄でもいいのです」

市川は眉をひそめ、考えこんだ。

「奥方さまは、いかがでしょうか」

「わたくしは夫に従うのみですから……」

和代は目を伏せていたが、わずかに顔を上げて三流を見た。

「広之進どの、春世は先だってあなたとお会いしたあと、童子のころの面影があると懐かしがっておりましたし、誠実そうな人柄ですと、あなたとのお話を気に入っていたのですよ。春世はもう、おりませんけれど」

三流は言葉がなかった。

気にはしていませんでしたが——と、そのとき市川が言った。

「番頭の又左衛門が、充治の融通の利かなさを嘆いておりました。当人は仕事ができると思っているようだが、周りへの気配りやお店の慣例に配慮が足りず、手代の中でひとり浮いておるし、粗漏《そろう》なことが多いので困っている。春世の婿にしなかったのは幸いだった、とも言われました」

「気配りや配慮、ですか」

「ええ。それがしは有能な男と見こんでおりましたので、意外に感じたのを思い出しました。三月ほど前のことでござる。とは言え、充治は変わらずにわが家の掛を務めておりました」

すると、又左衛門が充治を掛からはずしていれば、向島心中はなかったのか。

天一郎の腹の中に、好奇心が渦巻いていた。

「市川さま、調べにあたって金がかかるとすれば、大抵は袖の下です。かかった費用《つぃえ》はお願いすることになりますが、われらの手間代は不要です。ただし、隠されている裏の事情が見つかったときは、それを読売種にして売り出します。先ほど、読売種にしてもよいと仰られましたね。読売屋は、読売種があればいいのです」

「けっこうでござる。われらとて、今さら恥も外聞も体裁もない。娘の、春世の恨みをはらしたい。わが家に奉公していただけで巻き添えになったお杵も哀れだ。おのれ、このままにはしておかぬ」

「このままにはしておかぬとは、どうなさるおつもりですか」

三流が表情を曇らせて訊いた。

「まことの下手人をお上に訴える。訴えて埒が明かねば、厳しき処罰がくだされねば、それがしが断固、成敗いたす」

市川が唇をへの字に結んだ。市川の抑えながらも激しい剣幕に、天一郎らは思わず顔を見合わせた。

二

その午後、天一郎と和助は小伝馬町一丁目の路地のどぶ板を鳴らした。

一間以上はある路地の両側に、二階家の裏店が平瓦葺の屋根をつらねていた。

同じ裏店でも、間口九尺《くしやく》奥行二間《にけん》、板葺屋根の棟割《むねわり》長屋よりは、店賃がだいぶ高そうだった。

二階の物干し台で、帷子《かたびら》や下着などの洗濯物が青空の下に翻っていた。

「同じ裏店でも、見た目の佇まいがだいぶ上等ですね。人の様子も上品そうだし、店賃も高いんだろうな。本両替町の大店両替商の手代ともなると、案外、充治はいい暮らしをしていたのでしょうか」

和助が、幼い子を連れて路地をすれ違うおかみさんや井戸端で洗い物をしているおかみさんらをちらちら見て、天一郎にささやいた。

「そうとも限らない。この北側は牢屋敷だ。たぶん、牢屋敷の囚人らのときの声が聞こえるだろう。ときの声が聞こえる界隈は、地代は高くないそうだ」

天一郎は路地の先を見やっていた。

「そうだ。ここら辺なら、牢屋敷のときの声が聞こえるでしょうね」

和助がこたえた。

《ときの声》とは、牢屋敷の朝七ツ半（午前五時）と六ツの牢内見廻りの折り、牢内役人の声に応じて囚人らが「ええい」といっせいに上げる大声のことである。

「充治は真円屋の主人から所帯を持つことが許されて、こういうところに所帯を持った。思っていたより、充治は地味で堅実な男だったのかもしれない」

「地味で堅実な男、ですか？　充治が女二人の命を奪い、おのれの首までかききったのは間違いないのですよ。ほかには逃げた船頭しかいなかったのですから。そんな男が、地味で堅実でしょうか」

「確かにそうだ。だが、今までは向島の一件を充治の無理心中と決めつけ、疑いもしなかった。市川さんの話を聞いて、それが疑わしくなった。これからは、あれは無理心中ではないと考えて探ってみるつもりだ」

「無理心中でなかったとしたら、あそこまでやった充治の狙いは、一体なんだったのでしょうね」

「和助、市川さんの話を聞くまでは確かだと思っていたことが、聞いたあとでは確かではなくなった。ならば、今、間違いないと決めつけていることも、間違いないとは限らない、かもしれぬだろう」

「なんのことですか」

「充治があそこまでやった、ということがだ。つまり、充治が春世とお杵を刺し、自分の首をかききったことが、間違いないとは限らないということだ」

ええ？　そんな――と和助が声を上げたので、井戸端で洗い物をしている数人のおかみさんらが、天一郎と和助の方へふり向いた。

また読売屋だよ、しつこいねえ、迷惑だねえ……

と、おかみさんらは、天一郎と和助を見かえしひそひそ声を交わした。

「間違いないと限らないなら、一体誰がやれるんですか。もしかしたら、徳助という船頭の仕業《しわざ》を考えているのですか。徳助は小柄な年寄りで、三人をあんなふうには無理だ。女二人は胸をひと突き。充治は喉首をひとかきで、ほかに争った形跡すらないのですから。あんなにあざやかな手ぎわは、年寄りには無理ですよ」

和助は声をひそめた。

そのときふと、そうだ、あざやかすぎるのだ、と天一郎は腹の中で思った。

「だから、あんなふうにやれた者を探るのだ」

と、自分に言い聞かせるように言った。

二人はおかみさんらのいる井戸端をすぎ、路地を二つ曲がった。それから、二階の物干し台に白い産衣《うぶぎ》が干してある店の、表戸の前に立った。

軒下に鉢植えの葉の中にすみれの蕾《つぼみ》が見え、もうすぐ花が咲きそうである。

「ごめんください、お牧《まき》さん、いらっしゃいますか。ごめんください……」

天一郎は声をかけ、腰高障子の中の気配に耳をかたむけた。声はかえってこなかったが、赤ん坊のか細い泣き声が聞こえた。赤ん坊をあやす女の声も、何かしら悲しげに流れた。

「お牧さんですね。わたくしは末成り屋の天一郎と申します。決して怪しい者ではありません。ご迷惑は承知しておりますが、お牧さんにどうしてもお訊ねしたいことがあって、うかがいました。二、三、お訊ねするだけです。ほんの少しだけ、お暇をいただけませんか」

お願いします。お牧さん、お牧さん……

天一郎は声を忍ばせつつも、懇願するように繰りかえした。赤ん坊のか細い泣き声が聞こえ、障子越しに人の動く気配があった。

「うるさいね。いい加減におしよ。迷惑なんだよ」

不意に、隣家の二階の物干し台から、怒鳴り声を浴びせられた。見上げると、年配の太ったおかみさんが、天一郎と和助を恐い顔で睨みつけていた。

「相すいやせん。気をつけやす」

和助が恐縮した素ぶりを見せ、物干し台のおかみさんに愛想笑いをした。

「あんたたち、読売屋だろう。赤ん坊が泣いているじゃないか。みんな静かに暮らしてんだよ。人の事情も考えずに毎日毎日押しかけて。それがまともな大人のすることなのかい」

天一郎と和助が、困ったな、と顔を見合わせた。

「とっとと、お帰りよっ」

物干し台のおかみさんに怒鳴られたときだった。

腰高障子が、ごと、と小さく引かれ、三寸ばかりの隙間に女の顔がのぞいた。赤ん坊の泣き声は続いていた。

「読売屋さんですか。もう話すことはないんです。近所迷惑になりますから、やめていただけませんか」

と、心細げに言った。顔だちは綺麗と言っていいくらいだったが、化粧気がなく顔色の悪い若い女だった。

「わたしは読売屋ですが、ある方から、お牧さんのご亭主が起こした無理心中の本当の事情を探ってほしい、と頼まれたのです。じつは……」

天一郎の言葉を、お牧は遮《さえぎ》った。

「子供が泣いています。帰ってください」

と言って閉じようとした腰高障子を、天一郎は手を差し入れて押さえた。

そして、声をひそめて言った。

「待ってください。わたしらが頼まれたある方とは……」

「手をどけてください。家主さんにも言われているんです。読売屋さんにこれ以上うるさくされると、本当に困るんです」

「心中の一件で亡くなった相手方のご両親なんです。ご亭主の充治さんに心中を迫られ、包丁で刺されて亡くなったことになっている春世さんの、ご両親なのです。春世さんのご両親が仰っているのです。あれは心中ではないと」

小柄なお牧が眉をひそめ、戸の隙間から天一郎をじっと見つめた。お牧は当惑を浮かべ、青ざめていた顔が紅潮した。

天一郎は声を低くして、しかし一気に言った。

「ご両親は御番所に訴えられたのですが、証がないというのでとり上げられませんでした。しかしながら、ご両親は充治さんが春世さんと無理心中をする謂れがない、と仰っているのです。ご両親がそう仰っているわけを、お話しします。ご両親は、春世さんが命を奪われた本当の事情を知ろうとなさっています。お牧さんもご亭主が亡くなった本当の事情を、お知りになりたくはありませんか」

六畳間には濡れ縁と、四つ目垣に囲われた猫の額ほどの庭があった。

部屋の片端に文机があり、文机の上に充治が使っていたと思われる硯《すずり》箱と算盤、そして遺骨を入れた白布にくるんだ小さな壺が並べてあった。

壺の前には線香がたてられ、ほのかに香が匂っていた。

天一郎と和助は、位牌《いはい》のない壺に手を合わせた。白紙に包んだ香典を、線香たてのわきへおいた。

それからお牧の背中と向き合って、端座した。

お牧は濡れ縁を仕きった引違いの障子戸のそばで、天一郎と和助に背を向け、赤ん坊に乳をやっていた。赤ん坊は男の子で、母親の乳を元気よく飲んでいた。とき折り、赤ん坊の声がした。

満足に手入れもしていない丸髷が、お牧の疲れを映し出していた。

亭主を失った女房と子が、重たい静寂の中に息をひそめ、世間の風あたりから身を隠している寂しい姿だった。

「そうでしたか……」

お牧が、天一郎の話のあとに言った。

お牧のほっそりとした背中がわずかにゆれ、赤ん坊はたっぷりと乳を飲んで眠ったようだった。

しばしの沈黙をおいて、お牧は続けた。

「上役だった真円屋の番頭さんとお店の方々が見えられ、うちの人を火葬できるようにいろいろと手を廻していただき、せめて亡骸が野ざらしになることはまぬがれました。でも、弔《とむら》いはできませんし、位牌もありません」

お牧は文机の遺骨の壺に、一瞥を投げた。

「わたしとこの子が、この店にもうしばらくいられるように家主さんにもかけ合ってくださいました。お陰で、路頭に迷わずにすんでいます。ずっと、というわけにはいきませんけれど……」

そこでためらいを見せ、また間をおいた。

「蓄えが少しあります。いずれ、お店を開くつもりでした。きりつめた暮らしだったけれど、先に望みがあって、わたしには豊かな毎日でした。お店を開き、お店を大きくし、この子を育て、と楽しいことばかり考えて、うちの人も同じだと思っていたのです」

お牧の向けた横顔が、愁いに隈どられている。

「春世さんのご両親は、さぞかしお悲しみでしょうね。恨んでいらっしゃるのでしょうね。だけど、うちの人がどうしてあんなことを起こしたのか、わたしにもわけがわからないのです」

天一郎はお牧の横顔に言った。

「あの日、市川家の春世さんを木挽町の森多座の芝居見物に招いて、充治さんが接待役でした。充治さんは、お得意さまの接待役をよく務められるのですか」

「いえ。うちの人が接待役を命ぜられたのは、あの日が初めてです。仕事ひと筋の人でしたから、接待役は得意ではなかったのです」

「なぜ、充治さんに？」

「あの日は、番頭さんの又左衛門さんが接待役をなさるはずだったのですが、前日に急用が入り、ほかに人がいなかったようです。それでうちの人に急きょ命じられたのです。接待役を命じられてから、お招きするのが市川家の春世さまとおつきの方のお二人とわかり、大事なお得意さまのお嬢さまに粗相《そそう》があってはいけないと、とても気を張りつめておりました」

「やはり、普段と変わった様子に見えたのですね」

「そうかもしれません。もう少し、気楽にかまえればいいのにと、思うところはありましたけれど。あの日も、夜の八ツ（午前二時）前にはもう出かけたのです」

「夜の八ツはずいぶん早い。芝居町の一番太鼓が始まる前です」

「ええ、元々そういう人ですから」

お牧は赤ん坊へ目を落とした。

小伝馬町から木挽町までの暗い夜道を、提灯の明かりひとつを頼りにゆく生真面目な手代の孤影が思い浮かんだ。

芝居茶屋で春世とおつきを迎えるにしても、夜の八ツは早すぎる。真夜中、と言ってよかった。

芝居茶屋へいく前にどこかへ寄る仕事があったとすれば、仕事先から芝居茶屋に向かうために、夜の八ツはわからなくはなかった。だが、明け方までまだだいぶある。そんな刻限に訪ねるような仕事先があるのか。天一郎は気になった。

「その夜に充治さんの心中を、知らされたんですね」

「真円屋の方から、夜の五ツ半（午後九時）ごろに知らせがありました……」

「充治さんの遺品や、書き残した物、仕事のことでつき合いのある人のことでも、以前に聞かされていたり、充治さんを訪ねてきた人など、気がついたこと、気がかりなことはありませんか」

「心中にかかわることは、何も……まるでわけがわかりません」

「心中の一件に限らず、なんでもいいのです」

赤ん坊へ目を落としているお牧の青白いうなじに、おくれ毛が淡く乱れかかっていた。お牧は赤ん坊から顔を上げ、ゆるやかにゆらしながら言った。

「日記は毎日つけていました。算盤を使って、帳簿のような帳面にも何かを書きつけていました。わたしがのぞくと、これはお得意さまの内密な事情だから、女房にも見せちゃいけないんだよと言って、見せてくれませんでした」

「その日記や帳面は、手元にあるのですか」

「うちの人のことを知らせてくれた真円屋の人たちが、仕事にかかわりのある事だからと、全部持っていかれました。調べたうえで、仕事にかかわりがない物ならあとでかえすと仰ったんですけれど、まだかえしてもらっていません」

「充治さんの亡骸はご覧になったんですか」

「深川の火葬場へ連れていかれました。この子をおんぶして、いったんです。番頭さんの又左衛門さんがいらっしゃって、本当は許されないのだが、いろいろ手を廻して亡骸を引きとってきた、と言われました。うちの人は早桶《はやおけ》に入れられていて、見ない方がいいと止められたんです。けれど、女房が亭主の死に顔さえ見ないなんて、あの人が可哀想じゃありませんか」

「それは、そうです。当然ですよ」

と、和助が同情して言った。

「何もかも、又左衛門さんがとり計らってくださって、充治はとんでもないことをしでかしてお店に迷惑をかけたとはいえ、おまえたちに罪はない。おまえと子供の先々のことは相談に乗ろうと仰ってくださったんです」

なるほど――と、天一郎は考えた。

「親切な、番頭さんなんですね」

お牧は「ええ」と言った。それから「でも……」と、何か言いたそうに、また横顔を向けた。白いうなじのおくれ毛が、不安げにゆれた。

「……うちの人は、又左衛門さんのお人柄に、不安を感じていたみたいでした。今度のことでは、とても親切にしていただいているんです。でも……」

「人柄に？　又左衛門さんは貸付掛の上役ですね。又左衛門さんは手代の充治さんに厳しい上役だったとか、上役と下役の関係が円満ではなかったとか……」

「そうだったのかも、しれません。上手くは言えないんです。ただ、又左衛門さんは表と裏のある人だから油断がならないと、以前、うちの人が言っていたのを覚えています。又左衛門さんと何かあったのって訊いたら、いいんだ、仕方がないことなのさ、と言葉を濁していました」

意外な、と天一郎は思わなかった。

大店の両替商の番頭を務める商人である。仕事の上でも人づき合いでも、表と裏を使い分ける要領のよさは、察することができた。

ただ、市川繁一から聞いた、番頭の又左衛門が嘆いていた話が思い出された。

充治は融通が利かず、周りへの気配りやお店の慣例に配慮が足りず、手代の中でひとり浮いており、粗漏なことが多い。

春世の婿にしなかったのは幸いだった、と。

充治は市川春世の接待役を又左衛門から、あの前日、急きょ命じられた。市川春世の接待役は、急用が入らなければ又左衛門が務めるはずだった。

なぜ、又左衛門の代役が充治だったのだ。

おまえたちに罪はない、おまえと子供の先々のことは相談に乗ろうとお牧に言った又左衛門と、充治は融通が利かず、気配りやお店の慣例に配慮が足りず、粗漏なことが多いと言った又左衛門の、どちらが表でどちらが裏なのだ。

路地のどぶ板を踏んでゆく、附木《つけぎ》売りの声が聞こえていた。

「和助、あれだ。いくぞ」

天一郎は本両替町の真円屋から出てきた男たちを、江戸前蒲焼・大和田《おおわだ》の紅殻格子《ベンガラごうし》の窓ごしに見やって言った。

急いで座を立って、店の亭主に代金を払った。

本両替町の往来へ出ると、往来はお仕着せの手代でも風体のいい男らや、裕福そうな女たちが、供を連れていき交っていた。

三

本両替町の北隣の本町には、勘定奉行所管の金座《きんざ》がある。

本両替町から駿河町にかけては、両替商が表店を並べている。どの店も大店で、江戸では四十軒ほどの両替商が両替業を営んでいた。

両替商は、金銀両替の手数料である打歩《うちぶ》で稼ぐ商いである。

打歩は通常一両につき十文ほどである。ただし、銭の両替は両替商ではなく銭屋がやる。同じ両替でも現代ふうに言えば、両替商は企業向け、銭屋は個人向け、みたいなものである。

小伝馬町のお牧の店を出て、一刻後だった。日はだいぶ西にかたむいて、どの店も店仕舞い前の繁華な刻限でもあった。

又左衛門は堂々とした体軀に、仕たてのよさそうな黒羽二重《くろはぶたえ》の羽織を、鼠色の着流しの上にまとっていた。真新しい白足袋に裏つきの草履で、今からどこかの宴席に出かけそうな様子だった。

四十代の半ばにも達していない年ごろに見えた。

天一郎と和助は、手代ら五人ばかりを従えて往来をやってくる真円屋の貸付掛番頭・又左衛門の一団へ近づいていった。

数間にまで近づいてから、天一郎は素早く又左衛門の傍らへ進み出た。

「又左衛門さん、お世話になっておりやす。末成り屋でございやす。ちょいと、先だっての向島の心中騒ぎについておうかがいいたしやす」

天一郎は顔つきをにこやかに作り、町家の言葉に変えて言った。

「ああ?」

又左衛門が、いきなり声をかけた天一郎を睨んだ。

「真円屋さんの充治さんが、本所の市川家の春世さまに無理心中におよんだ例の一件でございやす。あの日は又左衛門さんが春世さまの接待をなさるはずでございやしたが、急きょ、充治に代役になったとうかがっておりやす。あれは……」

「末成り屋だと。知らん名だ。誰だ、おまえ」

「へえ、読売屋でございやす。いつもお世話になっておりやす」

「お世話になってだと？」

又左衛門が訝しげに言いかえした。

そのとき、天一郎の肩を、体格のいいお仕着せの手代が駆け寄って、「おまえ、何をしている」と激しく突いた。

突きを躱《かわ》すことはできたが、半ば受けとめ、よろけるふりをして、又左衛門の反対側へ、ひらり、と廻った。

「充治さんの接待役は、又左衛門さんのお指図だったんでございやすね」

「どけえっ」

手代が怒鳴った。

ほかの四人がばらばらと駆け寄り、天一郎と和助をとり囲んだ。

四人共に体格がよく、刀を帯びていないけれども、痩せ浪人の二本差しよりはるかに屈強に見える。

「邪魔だ」

「こいつら、読売だっ。追っ払え」

手代らが喚きながら、天一郎と和助を押し戻しにかかるのを、いなしたりかき分けたりして、「又左衛門さん、なぜ充治さんを代役になさったんでやすか」と、天一郎はしつこく声をかけた。

和助の方は三人の手代に組み止められ、「放しやがれ」「小汚い読売屋が、失せろっ」と懸命にもがきながら罵《ののし》り合っている。

和助の置手拭は、とっくにどこかに飛んでいた。

二人と五人の急に始まったもみ合いに、通りがかりが驚いて足を止めた。

と、ひとりが天一郎を羽交《はが》い絞《じ》めにし、前に立ちふさがったひとりが、「馬鹿たれが」と拳をふるった。

咄嗟に顔をそむけたので、拳は天一郎の頰をかすめ、後ろから羽交い絞めにした手代の鼻っ柱を、ごつん、と打った。

あぐぅ……

羽交い絞めがとけた隙を逃さず、拳の腕を押さえ、手代の二打目をよけつつ喉輪《のどわ》を見舞った。

手代が仰のけにひっくりかえった。

すかさず、和助をとり囲んだ三人のうちの二人の首へ背後より腕を巻きつけ、喉を絞めるようにして往来にねじり倒した。

途端に和助は、残りのひとりを腰に乗せて「それっ」と投げ飛ばした。

「わああ」

どすん、と投げ飛ばされた手代が、通りかかった女の足下に転がった。

女の悲鳴が上がり、通りがかりの間からも見事な腰投げにどよめきが起こった。

「野郎っ、やってやる」

倒された手代らは逆上した。

「乱暴はいけません、乱暴はおよしなすって。およしなすって」

天一郎は手をかざし、奮《ふる》い立って向かってくる手代らを制した。

そのとき、又左衛門が手代らを叱りつけた。

「やめなさい。みっともない。読売など相手にするな。放っておけ。いくぞ」

又左衛門が往来を駿河町の方へ歩んでいくと、手代らはお仕着せの裾をぱたぱたと払いながら、慌てて後ろに従った。

天一郎は又左衛門の傍らへ、再びしつこく並びかけた。

「又左衛門さん、充治さんはどういう手代だったんでやすか。充治さんを接待役に選んだわけは、なんだったんでやすか」

「おい、いい加減にしろ。番頭さんのお邪魔をするんじゃない」

後ろから手代が、また天一郎の羽織の肩をつかんだ。

「かまわんかまわん。読売屋など、残り物にたかる蠅《はえ》のようなものだ。大したことはない。放っておけば消える」

又左衛門は、薄い冷笑を天一郎に投げた。

「聞きたい話が聞ければ、仰るとおり、退散いたしやす」

天一郎は肩の手を払った。

「読売屋は残り飯と、世間のうさん臭いものには鼻が利くんで。又左衛門さん、充治さんのことを話していただけやせんか」

「おまえ、末成り屋と言ったな。どこの読売屋だ」

又左衛門は本両替町から駿河町にかかる往来を、悠々といきながら言った。天一郎へ投げた冷笑が消えていない。

「築地川に架かる萬年橋の、そばでやす」

「築地川の萬年橋？　あのあたりに町地があったのか。まあいい。名前は？」

「天一郎です。末成り屋の天一郎と申しやす」

「おまえは？」

と、天一郎の後ろの和助を睨んだ。

「あっしは唄や和助でやす。売子をやっておりやす」

「ああ、唄などを唄いながら売り廻っている売子か」

「へえ、お見知りおきを」

「ふん、人前であんな恥ずかしいことがよくやれるものだ」

又左衛門は天一郎へ顔を戻した。

「おまえら、卑しき読売屋にしては強いな。武芸のたしなみがあるのか」

「仕事柄、今みたいなことがありやすので、自分の身を守るぐらいは……」

「ふふん、読売屋、充治のことが訊きたいのだな。教えてやる。充治は有能な手代だった。生真面目で勤勉で、人柄もよかった。ただ、一本気すぎる気性だった。今にして思えばだが、それがよくなかった。心中の一件は、あの男のそういう気性が災いしたと言うしかない。まことに、残念だがな」

「噂がありやす。充治さんは融通が利かず、周りへの気配りやお店の慣例に配慮が足りず、手代の中でひとり浮いており、粗漏な事が多かったと。当然、上役の又左衛門さんならご存じでやすね。例えば充治さんはどんなところに、気配りや配慮が足りなかったんでやすか。粗漏な事とは、どんな事に粗漏だったんでやすか」

又左衛門は鼻先で笑い、すぐにはこたえなかった。

駿河町は日本橋北大通りの室町《むろまち》三丁目にいたるまで、ほぼすべて、三井《みつい》呉服店の越後《えちご》屋である。越後屋の屋号を記した長暖簾が、往来を埋めつくし、店の中も表も賑わいは、遅い午後の刻限になってもまだ盛んだった。

その賑わいの間をゆきながら、又左衛門は言った。

「例えばだと？　馬鹿か。読売屋に仕事の中身を教えるわけがないことぐらい、わかりそうなものだ。もっと気の利いたことを訊いたらどうだ」

かまわず天一郎は訊いた。

「充治さんは無理心中相手の市川家の春世さまとは、接待の日まで面識がなかったという噂もありやすが」

「面識がないとは、充治が心中の相手を知らなかったということか。どこの誰に聞いた噂か知らんが、相手も知らぬのになんで無理心中が起こったのだ。とぼけたことを言う読売屋だ」

あはは……

又左衛門が高らかに笑い、通りがかりがふり向いた。

するとそのとき、越後屋の長暖簾の間から小僧が走り出てきて、又左衛門に甲高い声で言った。

「真円屋の番頭さん、お疲れさまでございます。いってらっしゃいませ」

小僧が又左衛門に深々と頭を下げた。

「はい、お疲れさん。よく頑張っているね」

又左衛門が満足げにかえし、小僧は素早く店に駆け戻っていった。

「読売屋、あの小僧を見たか。まだ十を幾つかすぎたばかりの童子と変わらん。あんな小僧でも、小僧なりに世間を支えておる。それに比べて、おまえら読売屋はどうだ。ここはおまえらのような、残り飯にたかる蠅のくるところではない。おまえらに相応しいごみ捨て場に戻って、二度とくるな」

又左衛門らの一行は、駿河町から室町三丁目の大通りに出ていた。

「おまえらに言うのはそれだけだ。わかったな、天一郎、和助」

又左衛門はまた笑い飛ばした。手代らを引き連れて大通りを横ぎっていった。

天一郎と和助は三丁目の町木戸のわきに立ち止まり、又左衛門と手代らが通りの反対側の室町の往来に消えるのを見守った。

「なんですか、あのえらそうな素ぶりは。売子が恥ずかしいだと。くそ、わたしはあいつを引っ叩いてやりたくなりましたよ」

「ああいう男はいる。自分を恃《たの》む気持ちが強いのだ。表と裏、油断のならぬ又左衛門か……又左衛門は、充治にはどういう上役だったのだろうな」

「あんなやつなら、ろくでもない上役に決まっていますよ」

和助は珍しく、ひどく腹をたてていた。

四

それより一刻少々前、天一郎と和助が小伝馬町のお牧の裏店を出たころ、美鶴とお類は芝の増上寺《ぞうじょうじ》表門を出て、大門《だいもん》の通りを浜松町《はままつちょう》の往来へ向かっていた。

美鶴は、一輪のしのぶ髷に結った艶やかな髪の下に、縹《はなだ》色のちりめんの小袖と紺色の袴を、背筋がきりっとのびた痩身に着け、朱鞘の二刀をいつもの若衆拵えのごとくに帯びていた。

美鶴の供のお類も明るい楓《かえで》色の振袖姿で、春の日射しが降る通りをゆく二人の艶《あで》やかな姿は、編笠の下に隠れて美しい顔は見えなくとも、人目を惹《ひ》かずにはおかなかった。

その午後、美鶴とお類は美鶴の父親・壬生左衛門之丞の遣いで、増上寺の僧を訪ねた。左衛門之丞が親交のある高僧より一冊の書物を借りる約束があって、美鶴が代わりに受けとりにいったのである。

父親の私事ということもあって、美鶴は供 侍《ともざむらい》を従えていなかった。元々美鶴は、出かける折りの供侍は気づまりで仕方がなかったから、その日は妹のようなお類だけを伴っていた。

増上寺よりの戻り、片門前町《かたもんぜんちょう》から中門前町、浜松町へとのびる大門の通りを、美鶴とお類はのどかに歩んでいた。

季節はまだ春二月の上旬だが、ここ数日、寒い中にも日和が続いている。お類の浮きたつ気分が、美鶴の供をする草履の音を軽くした。

「美鶴さま、末成り屋さんにだいぶご無沙汰《ぶさた》ですね。森多座の帰りに寄って以来です。久しぶりのお出かけです。帰りにちょっと寄ってみませんか」

美鶴の背中に、お類が声をかけた。

「今日は父上のお遣いだから、末成り屋へはいきませんよ。寄り道せずに、まっすぐ帰るのです」

浜松町の通りと大門の通りの四つ辻の方を見つめ、美鶴は言った。

「なんだ、寄り道しないのですか。残念だわ。天一郎さん、美鶴さまにお会いできなくて、きっと寂しがっていらっしゃいますよ」

お類の物言いに、美鶴は編笠の下で笑わせられた。

「でもあの夜は向島の無理心中があって、天一郎さんたちは忙しかったのに違いありません。しかも、無理心中を図った手代に胸をひと突きにされたのが、三流さんのお相手のあの方だったなんて。三十間堀の屋根船でいき違ったときに一度お見かけし、そのうえまさにあの日、森多座でもお見かけしたんですから、なんという偶然かしら。思い出すたびに胸がどきどきします」

美鶴は背中を向けたままである。

「美鶴さま、わたしたち、三流さんのお相手のあの方に、深いご縁があるような気がしませんか？　三流さんは、さぞかし力を落としていらっしゃるでしょうね。美鶴さまがいつ様子を見にいかれるのかな、とずっと思っていたのですけれど。あれからもう六日もたってしまいました」

美鶴は歩みを止め、お類へふりかえった。

お類がきょとんと美鶴を見上げた。

「お類、あなたがそんな言い方をするから、父上が気にかけて、見張りの目が厳しくなって、出かけにくくなったのです。それに、三流はあの方のことを、あまり触れられたくないかもしれませんよ」

「あらあら、ご家老さまの見張りが厳しくなったのは、わたしのせいだとでも仰るのですか。ひどい。三流さんのことだって、お相手の方のことだって、わたしは心からお可哀想、と思っているのですよ。本当ですよ。今度お会いしたとき、三流さんをどう慰めて差し上げようかと考えているのですから。わたしの真心をわかってください、美鶴さま……」

お類はわざとらしさに気づかず、澄まして言った。

勝手にしなさい、と美鶴は向きなおって歩みを進めた。

二人は、中門前町と七軒町の境を浜松町へ差しかかった。浜松町の一丁目と二丁目の辻を、往来する人や荷車が見えていた。

戻りは、辻を北へ折れて芝口橋の方へとる道である。

ところが、辻の手前にきて美鶴の歩みが気が抜けたように止まった。

周《と》りを左見右見《みこうみ》しながらついてきたお類が、目の前の美鶴に気づき、「あっ？」と驚いて立ち止まった。

「どうなさったのですか、美鶴さま」

お類が後ろからのぞき、編笠の下の美鶴の顔を見上げた。

美鶴はこたえなかった。まっすぐに辻の方へ目を向け、唇を真一文字に結んでいた。顔つきが険しくなっている。お類は戸惑い、

「美鶴さま、どうなさ……」

と、繰りかえしかけたとき、美鶴は辻の方へやおら歩み始めた。

もう、気まぐれなんだから、とお類は思った。

美鶴とお類は、浜松町の通りと大門の通りの辻に出た。

浜松町の通りは、人通りが賑やかである。

美鶴が辻の曲がり角に立ち止まった。そして、物思わしげに周囲を見廻した。

托鉢《たくはつ》に出かける修行僧の一団が増上寺の方からきて、美鶴とお類のそばを北へ折れていった。

僧らのかぶった網代笠《あじろがさ》が、往来する人中にゆれて見える。

「美鶴さま」

美鶴を見上げると、北ではなく通りの南の方へ目を凝らしていた。通りを南へとれば、浜松町四丁目から金杉橋《かなすぎばし》を渡り、高輪《たかなわ》の方へと道は続く。

美鶴が黙って南へとった。

「どちらへいかれるおつもりなのですか、美鶴さま」

お類は美鶴のあとに従い、訊いた。

「お類、道の先に黒い着物の三人連れが見えるでしょう」

美鶴は道の先から目をそらさず、平然と言った。

三人連れ？　とお類は編笠の縁を上げた。

明るい午後の日射しの下に表店の町家がつらなり、二町ほど先の金杉橋と橋の袂の柳の木が見えていた。

「三人とも、菅笠を着けています。背の高い男を中に小柄な二人が左右にいて……」

いき交う人通りの間に、三人連れの黒い着物姿が見え隠れした。着物を尻端折りにし、すみやかな足どりで金杉橋の方へ向かっている。

「はい。ちょうど今、鍋釜問屋の権右衛門《ごんえもん》と看板の出ている店に差しかかった三人連れですね」

「そう。あの三人です」

美鶴は歩みを止めずに言った。

「では美鶴さまは、あの三人連れのあとをつけていらっしゃるのですか。いやだ、はしたない」

思わず言いながら、好奇心がむくむくと湧き起こった。美鶴に並びかけて、

「ねえねえ、美鶴さま。あの三人連れをご存じなのですか」

と、そわそわとし始めた。

「お類、落ち着きなさい」

「はい。落ち着いています。それで、どなたなのですか」

「先だっての森多座で、平土間の桝席にいたあの女の方を覚えていますね」

「覚えていますとも。さっき申し上げたではありませんか。森多座からの戻りに無理心中に巻きこまれ、胸をひと突きにされました。同じ日に同じ狂言を楽しんだあの方が、あんな目に遭うなんて、本当にお可哀想です。しかもその方が三流さんのお相手で、偶然、三十間堀でお見かけし、わたしたちと深いご縁が……」

「わかった。繰りかえさなくてもいい」

美鶴がお類の言葉をさえぎった。

「あのとき、あの方とおつきの方の二人のほかに、同じ桝席にいた接待役の手代の顔はわかりますか」

「はい。見ればわかります。本両替町の両替商・真円屋の手代で名は充治。本所の

御家人・市川家の春世さまとおつきのお杵さんが、真円屋の招きで森多座の初春狂言の芝居見物をし、お二人の接待役を務めた充治が、かねてから身分違いにも恋慕していた春世さまに、この機に、と無理心中におよんだ挙句、おつきのお杵さんまでが無理心中の巻き添えになって胸を刺された……その手代の充治でしょう？」

お類の話は、一々解説が入って長い。

美鶴とお類は、翌日に売り出された末成り屋の向島心中の読売を、当然、読んでいた。お類が屋敷内の女中らに、心中のあった当日、森多座で春世を見かけたことや、春世と三流とのかかわり、末成り屋のことなどを言い触らした。

それが父親の耳に入って、美鶴への見張りの目が厳しくなったのである。

「真ん中の背の高い男は、あのとき見かけた男です。あの方と同じ桝席の後ろにいた接待役の、真円屋の手代の充治です」

うん？　とお類は美鶴の横顔を、傍らから肩ごしに見上げた。

うっとりさせられるほどの、綺麗な横顔である。けれどもお類はすぐに、馬鹿ばかしさに気がついた。

「あは、いやですわ、美鶴さま」

つい大声になり、周りの通りがかりが二人へふりかえった。

「静かに」

美鶴が横目で睨んだ。美鶴の険しい横睨みは、ちょっと恐い。お類は口を両掌で覆い、おかしさを堪えた。

「だってだって、美鶴さまがとぼけたご冗談を仰るから。どこか、具合がお悪いのですか。お加減はいかがですか」

「冗談ではない。具合は悪くないし、加減もいい」

「ならよけいに心配だわ。美鶴さま、気を確かにお持ちください。真円屋の手代の充治は、無理心中の張本人なのですよ。森多座の芝居見物のあと、天一郎さんたちにお土産を持っていったとき、向島で無理心中があったと知らせが入って、天一郎さんたちは飛び出していったではありませんか。お忘れなのですか」

「忘れてはいない」

また、美鶴の恐い横睨みに合った。

「あら、忘れていないのにそんなことを仰るんですか。お人の悪い。よろしいですか、美鶴さま。天一郎さんたちの読売によれば、森多座楽日の芝居がはねたあと、充治は向島をゆく屋根船の中で、春世さまとおつきのお杵さんの胸をひと突きにして、自分の首をきって自ら命を絶ち、春世さんと共に……ああ、思い出しただけでもぞっとする。修斎さんの絵が恐かった」

聞いているのかいないのか、美鶴は素知らぬふうに歩んでいる。

「美鶴さま、充治はもうこの世の者ではないのです。あの背の高い男は、真円屋の手代の充治ではありません。他人の空似です。似ているからといって当人ではありません。広い世間には似た者がおります。この世の者でない者が目の前を歩いているなんて、あり得ないのです。美鶴さまが勘違いをなさるから、わたしまでこんがらかるではありませんか」

「お類、あり得ないことが起こっているから、わけを確かめるためにつけているのです。馬鹿ばかしいと思うなら、あなたは先に戻ってもかまわないのですよ」

「とんでもありません。美鶴さまをおひとりにしたら、お祖父さまに叱られます」

「そう？　こんがらかって大丈夫？」

「大丈夫です」

美鶴の恐い横睨みが、前方へすっと向けた綺麗な横顔に変わった。

三人連れはすでに、浜松町の四丁目から金杉橋に差しかかりつつあった。

言葉とは裏腹に、お類の好奇心はいっそうふくらんだ。

三人連れのあとをつけて、金杉橋を渡った。金杉通りを南へとって入間川《いりあいがわ》をわたり、本芝町《ほんしばちょう》もすぎた。

田町《たまち》の大通りからはずれ、町家の小路を幾つか折れた。

ところが、界隈が四国町《しこくまち》と呼ばれる三田通りへ出たとき、半町ほど先をゆく三人連れを見失っていた。

そこは食い違いの十字路になっていて、十字路の一画に、木戸に囲われた三棟の長屋が板葺屋根をつらねていた。

昼間から化粧の濃い女たちが、長屋の表戸に閑そうな様子で立っていた。

三田通りには表店が軒をつらね人通りはあるものの、長屋の一画だけは、界隈からとり残されたみたいに閑散として見えた。

女たちが木戸ごしに、町並みに不似合な美鶴とお類を漫然と見つめている。

「美鶴さま、なんだか怪しそうな長屋がありますね」

お類は姿の見えなくなった三人連れよりも、長屋の方に興味津々《しんしん》だった。

「じろじろと見てはだめ」

美鶴はお類をたしなめ、三人連れが十字路を曲がった三田町の三丁目から二丁目の方へ向かった。

しかし、三人連れの姿は見つからなかった。

「どこへ消えたのかしら。仕方がありませんね」

「見失ったか……」

お類は、周囲をきょろきょろ見廻している。

町並みが三田の台地の方へのぼり、台地の上の大名屋敷の木々が、若葉を芽吹かせていた。青空には、白い雲がのどかにたなびいている。

三人連れは、十字路を折れて周辺のどこかの店に消えたものと思われた。

「お類、戻ろう」

美鶴はお類に言って、赤い唇を嚙み締めた。

道を引きかえし、食い違いの十字路の女たちが立っている長屋の一画を通りすぎた。きた道とは異なる三田通りを田町の大通りへつながる方角にとった。

田町の大通りへ出る角は、元札之辻《もとふだのつじ》と呼ばれている。

大通りを境に、西側に丘陵があり、東側は海である。海側に漁師町があって、この時期、石ころだらけの海浜が沖の方まで顔を出している。浜辺の網干場に干した沢山の網が見えた。

遠浅の海に午後の日がさんさんと降っていた。海苔《のり》の養殖のひびがたてられ、はるか沖に浮かぶ船の白い帆が、絵のように眺められた。

「待て、女……」

野太い声がかかったのは、元札之辻の海側からだった。

海側の明地《あきち》に物揚場《ものあげば》があって、物揚場から田町の大通りへ小路が通じていた。

その小路にたてられた木戸わきに、浪人風体の男が立っていた。

美鶴も背は高かったが、侍はさらに大柄で、分厚い身体つきをしていた。納戸色《なんど》の小袖に縞袴を着け、黒鞘の大刀が日射しを受けて艶やかに光っていた。

「用か」

美鶴とお類が立ち止まった。

「ふうむ、これはまた。驚いたな」

侍は美鶴を見つめて、目を細めた。そうしてその目をお類へ向け、欠けた歯を見せて分厚い唇を歪めた。

侍は、金杉の方へいきかけた美鶴とお類の前をふさぐ方向に、木戸わきからゆっくりと大股に進んだ。片手の肘を刀の柄《つか》にだらりとのせ、片方の手を前襟の奥へだらしなく差し入れている。

「女だてらに二本差しとは、腕に覚えがありか。そのうえに、美しい」

と、にやにやした。

「用はなんだ」

美鶴が言ったとき、元札之辻のほうからもうひとり、背の高い浪人風体が近づいてきた。

「美鶴さま、後ろからもうひとり、恐そうなのが」

お類が小声になって、美鶴の陰に隠れた。

「わかっている。もしも斬り合いになったら、お類はそこの店に逃げこむのだ」

通りの両側は表店が並んで、人通りは多かった。美鶴とお類のすぐ近くに、線香問屋の表店が障子戸を開き、長暖簾を垂らしている。

侍のふる舞いは戯れか、それとも何か意図があるのか。美鶴は前後の侍へ、針のように心機を尖らせた。

「女と見くびって、戯れに声をかけただけか」

「戯れ？　戯れたいのか。こちらはかまわぬぞ。おまえのような美しく勇ましい女には、そそられる」

前後の二人が、笑い声を合わせた。

「そんなことが面白いのか。つまらぬな。そこをどけ」

「女、名を言え。どこの誰だ」

「それが用か。無駄な。わたしの名を聞いても、おまえたちには役にたたぬ」

「役にたとうがたつまいが、おまえのような美しい女の名が知りたいのだ。それが男心だ。無理やりにでも言わせてやろうか」

ふふん、と侍は鼻を鳴らし、刀の柄に手をおいたまま踏み出した。

後ろの侍の足どりが早くなった。

通りがかりが何事かと、ぽつりぽつりと足を止めた。表店の中から、店の者が通りへ顔をのぞかせ始めていた。

「お類、いきなさい」

美鶴が言うと、お類は即座に線香問屋へ走りこんだ。

前の侍がお類へ視線を流し、あは、と笑った。

笑いながら美鶴へ向きなおった途端、う、と声をつまらせた。

お類に目を投げた束の間に、美鶴の朱鞘の大刀がかすかな音もなく抜き放たれ、無造作に踏みこんだ侍の目先へ、切先《きっさき》が突きつけられていた。

気づく間すらなかった。

侍の歩みが止まった。片目をぎゅっと閉じ、顔をしかめた。切先をそらすため、上体を仰《の》け反《ぞ》らせ、しかめた顔をそらした。

だが、切先は吸いついたように目先から離れない。

「くそっ」

侍は吐き捨て、刀の柄を握った。

「刀を抜く前に、おまえの目に切先が突き刺さるぞ」

刀を抜けず仰け反った。

美鶴はさらに踏みこんで、間をあけさせなかった。

そこへ後ろの侍が、だだだ、と突っこんできた。

抜き打ちにうなりを上げて打ちかかった瞬時に、美鶴は反転した。

鋼《はがね》の音も凄まじく、後ろからの一撃をはじいた。

「おおっと」

かろうじて刀は飛ばされなかったが、侍の身体は浮き上がった。一間以上も跳ねかえされた。

その一瞬、抜き放とうとした前の侍がまばたきをした次の瞬間、美鶴の切先は変わらず侍の目に突きつけられていた。

刀の柄に手をかけたまま、何もできなかった。

「目が無事で、よかったな。刀を抜いていたら目は潰れていたぞ」

侍は顔をしかめている。

「さて、次はどうする」

美鶴の鋭い目が、睨んでいた。本気ではない。侍は動けなかった。

「わ、悪かった。戯れだ。「そ、そなたがあまりに美しいため、からかってみたかったのだ。これまでだ。気を静めてくれ」

「ほかに用は、ないのか」

ああ、ああ、と片目を閉じたまま、かろうじて、ずる、と退いただけだった。

後ろの侍も、再び打ちかかる隙を見出せず、ためらっていた。

「二度とするな。いけ」

美鶴は冷たく言った。

「ああ、よかった。美鶴さまの身にもしものことがあったらと、気が気ではありませんでしたわ」

侍たちが元札之辻を三田通りへ消えてから、線香問屋の長暖簾の間から走り出てきたお類が、顔を紅潮させて言った。

「お類は、大丈夫か？」

「わたしは平気です。美鶴さまさえお守りできればいいのです」

美鶴が微笑んだ。

だが、線香問屋の亭主らしき男が、暖簾の間から美鶴とお類へ好奇の目を向けていた。

「亭主、店先を騒がせた」

美鶴は刀を納めながら、年配の亭主に言った。

亭主は、足を止めていた通りがかりがそそくさと去っていく通りへ出てきて、美鶴たちに腰を折った。

「いいえ。あなたさまもご無事で何よりでございます」

「今の侍たちは、このあたりに住んでいる者か」

「ここら辺の者ではございませんが、三俣の金平のところに、しばしば出入りしているようでございますね。柄の悪い者らでございます」

「三俣の金平のところ？」

「元札之辻を三田の通りへ曲がって、二町ばかりゆきますと食い違いの十字路がございます。食い違いの十字路を三俣と申します。三俣では長屋女郎が以前から客をとっておりまして、金平という男が三棟ばかりの長屋を仕きっております。ああいう柄の悪い用心棒を雇って、金平も油断のならぬ男でございます」

「ああ、あそこか……」

「はい、あそこですよ」

お類が教えるように美鶴にこたえた。

五

日が落ち、築地川に夜の帳がおりた。暗くなるに従って、冷たい夜気が昼間の穏やかな日和を追いやった。

築地川沿いの掛小屋で営む煮売屋の提灯が、堤道を侘《わ》びしげに照らしていた。

夕暮れどき、築地川で鳴いていた鴫《しぎ》の声は聞こえなくなっていた。夜の静寂《しじま》が、築地川の両岸をすっぽりと包んでいた。

「あの森多座で見た男に間違いない。桝席の前列に春世さんとおつきの女が坐り、二人の後ろに沈んだ様子で坐っていた。商家のお仕着せのような長着を着ていて、芝居を楽しむというふうではなかった。商家が得意先の市川家の春世さんを芝居見物に招いて、男が接待役を務めているふうに見えた」

と、美鶴の澄んだ声が、末成り屋の土蔵の中で続いていた。

「次の日、天一郎たちの向島無理心中の読売を読んだ。無理心中によって命を落とした者が、本所の御家人・市川家の春世さんと供をしていたおつきの女、両替商の真円屋の充治という手代と知ったとき、前日の森多座で見たあの三人だとすぐにわかった。平土間の三人の顔は、今でもはっきりと覚えている。森多座で見た手代の充治の顔は、忘れはしない」

「本当に驚きました。平土間の桝席に春世さまをお見かけして、あ、あれは三流さんの婿入り先の、と驚いたのですよ」

お類が言い添えた。

「お類さんは幕間《まくあい》に戻った芝居茶屋で、春世さんを見かけたのではなかったかい。この前はそう言っていたぞ」

すかさず和助がお類へ言った。

「あら、そう言いましたっけ。でもいいのです。どこでお見かけしようと、同じことですから。ねえ、三流さん」

三流はこたえず、腕組みをして目を落としている。

あれから美鶴とお類は、上屋敷に戻る前に寄り道をした。上屋敷に戻れば、父親の左衛門之丞の見張りの目が厳しかったからだ。

築地川沿いの末成り屋にきたときは、もう夕暮れが迫っていた。

日本橋より、天一郎と和助もすでに戻っていた。

末成り屋の土蔵一階に六人が車座になり、ただ一灯の行灯が、薄暗くなった土蔵を小さな明るみにくるんでいる。土間の竈で薪がちょろちょろと燃えている。

美鶴は続けた。

「だから、浜松町の辻で森多座の桝席にいた充治を見たとき、初めは幽霊を見たと思った。あやかしに惑わされたかと思った。しかし、まぎれもなく、無理心中で死んだはずの充治が生きて目の前を歩いているのを、わたしは見たのだ。充治は仲間らしき二人と一緒で、森多座で見かけた折りの手代らしさはまったくなかった。わたしには、充治も仲間の二人も博徒《ばくと》のように見えた」

「そうなのです。これはおかしい、からくりがあると、わたしは咄嗟に推量いたしました。それで、浜松町から三田まで、三人のあとをつけたのです。むろん、危険は承知でしたけれど、からくりをといて、天一郎さんたちに教えて差し上げなければと思っていましたから。お陰であやうい目に遭いかけて、大変でした。ねえ、美鶴さま」

美鶴はお類を横睨みにしたが、すぐに天一郎へ向きなおった。

「田町の元札之辻で、無頼な風体の二人の浪人者と、争い事になった。戯れに言いがかりをつけてきたふうに装っていたが、裏に意図があった気がする。浪人らは、三田通りの三俣にある遊里を仕きる金平というやくざの用心棒らしい。もしかしたら、三田通りで見失った充治ら三人は、金平の店に消えたのではないか。確かではないが、そんな気がしてならぬ」

「ええ、ええ、きっとそうです。あの三人は、金平の店に消えたのに違いありませんわ。三人連れがわたしたちに気づいて、あの用心棒らに襲わせたのでしょう。美鶴さまをお守りしなければと、わたしは必死でした」

「お類、少し黙っていなさい。天一郎たちの考え事の邪魔になるでしょう」

「そんなことはありませんよ。わたしと美鶴さまが共に、こうしてお話しして差し上げているから、お役にたてるのではありませんか。ねえ、天一郎さん」

美鶴は呆れて、それ以上言うのを止めた。ふと、天一郎と目が合い、その目をさり気なくそらした。黙りこんだ三流の隣で、修斎が同じように黙りこみ、和助は頭の置手拭を整えつつ、やはり訝しげな顔つきを見せている。

「みなさん黙りこんじゃって。わけがわからず、こんがらかっているのですか」

無邪気なお類に、天一郎が言った。

「その通りだ、お類さん。わけがわからず、こんがらかっている。だが、よく知らせてくれた。わけはわからないが、向島の無理心中に、妙なからくりが隠されていることはわかった。美鶴さま、礼を申します。ですが美鶴さま、お類さん、あぶないふる舞いをなさってはいけません。お嬢さま方のなさることではありません」

「いいのだ、天一郎。つまらぬ心配をするな。それより、どう思う」

美鶴がそらしていた目を天一郎へ向けた。

「真円屋の手代・充治は自ら喉をきって命を絶ちました。充治の亡骸は、女房のお牧さんが深川の火葬場で確かめています。一方、森多座で春世さんたちの接待をしていた充治は、まだ生きているのを美鶴さまが見つけた」

「そうだ。森多座にいた充治は、間違いなく生きている」

「ど、どういうことです。死んだはずの充治が生きているなんて、おかしいじゃありませんか……」

和助が、不審を露《あら》わにした。

「わたしにもわからない。こんがらかっている。死んだ充治と、生きている充治。ひとりは春世さんたちの接待役だったお仕着せの手代の充治。ひとりは二人の仲間と一緒だった博徒風体の充治。充治が二人いる。どちらかが幽霊なのだ」

「いやだ、恐い……」

お類が美鶴の腕をつかんだ。

三流が腕組みをとき、顔を上げた。

「美鶴さま。美鶴さまが先だっての森多座と、今日、浜松町でご覧になった充治はどのような風貌の男でしたか」

と、三流が訊いた。

「風貌は、そうだな、背の高い痩せた身体つきに見えた。やや浅黒く、のっぺりとした顔だちに、目は一重、伏し目がちの眉が太かった。仲間の二人は小柄だった。充治の配下のように思った。三人共に、黒の着物を尻端折りにしていた」

「黒の着物を尻端折りにした三人連れ……」

「三流、心あたりがあるのか」

修斎が三流へ向いた。

「心あたりというのではないが……」

と、しばし言葉を濁したあと、天一郎を大きな目で見つめた。

「天一郎、わたしが明日、三田へいって、充治らしき男の素性を探ってみる」

「三流、心あたりはなくとも、気にはかかるのか」

「もどかしいが、何がもどかしいのか、自分にもまだよくわからぬ。明日、三俣の充治を探ってから話す。美鶴さま、三俣を仕きっている金平ですね」

「三人連れは三俣の近辺で姿が見えなくなった。諦めて戻る途中、浪人二人が言いがかりをつけてきた。金平の用心棒の浪人らは、わたしの素性を探ろうとしていたようだ。きっと三人連れと、かかわりがあるのだと思う」

「でしょう。やっぱり三人連れに気づかれていたのですわ、美鶴さま」

お類が無念そうに美鶴を見上げた。

しかし美鶴はこたえず、三流から天一郎へ眼差しを移した。

「浪人らは昼日中の大通りで、本気で斬るつもりではなかった。だから、あの場ではしのげた。だが、本気だったなら、簡単にはいかなかった。あの者ら、相当な遣い手に間違いない」

「三流、美鶴さまに言わせるほどの凄腕の浪人者がいるようでは、ひとりではあぶない。修斎も一緒にいってくれ。ただし、争いにいくのではないからな」

「大丈夫だ。任せろ。天一郎は明日、どうする」

「明日は、末広河岸の船頭の徳助を訪ねる。船頭の徳助だけがあの屋根船で起こったことを知っている。船頭の徳助が、あの夜、何を見たのか見なかったのか、何を知っているのか知らないのか、ちゃんと訊きたい。和助、いいな」

「承知しました。二人の充治のからくりが、わかるかもしれませんね」

和助が意気込んで頷いた。

それから、美鶴さま——と、天一郎は美鶴を見かえした。

「先だって、扇屋さんに森多座の芝居見物に招かれた折りの芝居茶屋は、大茶屋の村雨《むらさめ》でしたね。お類さんが市川家の春世さんを見かけたと言っていた……」

「そうだ。扇屋はいつも村雨なのだ。扇屋の馴染みらしい」

「村雨の仲居から、あの日の充治と春世さんらの様子を訊き出したいのです。殊に充治は、接待役を春世さんと無理心中を図る好機と見て、朝から包丁を懐に用意していたようです。尋常な様子ではなかったと思うのです。むろん、仲居らに謝礼はいたします。どんな様子だったかを訊くだけです。扇屋さんの知り合いだと、名前をお借りしてよろしいでしょうか。むろん、差し支えがなければ、ですが」

「わかった。扇屋には伝えておく。かまわぬと思う。なんだったら、父の壬生左衛門之丞の名を出してもよいぞ」

「えっ、ご家老さまの？　そ、そのような事をしてかまわないのですか」

隣のお類の方が、呆れ顔になった。

「かまいませんよ、そんなこと。読売屋の天一郎とわが父が知り合いだったとしたら、何かおかしい？」

「いえ別に、おかしくはありませんけれど、ご家老さまではなく、せめてうちのお祖父さまの島本文左衛門ぐらいに、しておけば……」

はは……

みなと笑いながら、天一郎が言った。

「では、美鶴さま、お類さん、もう暗くなりました。お屋敷にお戻りください。お屋敷の近くまでお見送りいたします」

「よい。お類と帰る。屋敷はすぐ近くだ」

「わたしもこれから出かけます。ついでです。提灯を用意します」

「天一郎、これからどこへ出かける」

「南小田原町の師匠の店へいく。師匠に頼みたいことがあるのだ」

天一郎は修斎にこたえた。

六

翌朝の五ツすぎ、三流と修斎は田町の大通りを、元札之辻へとっていた。薄らと霞《かすみ》に覆われた空に、日がのぼっていた。その朝もうららかな日和が続き、大通りの漁師町のつらなる海側に、網干場の浜辺と青い海が見えていた。

元札之辻より三田通りへ折れた。

三田通りを二町ほどいった食い違いの十字路の一画に、木戸塀のある長屋が三棟見えた。朝の刻限、通りは閑散とし、木戸塀に囲われた一画の表戸に佇んで嫖客《ひようかく》を引く女郎の姿はなかった。

その敷地と隣り合わせた二階家が、金平の店だった。瓦葺屋根の二階に、格子窓が見えていた。

「あれだな。いるかな」

「間違いなくいるだろう。お佳枝に確かめた。十三蔵は十代の半ば前から金平の手下になっていたらしい。命知らずのあらくれで、金平の手下の中で若いうちから頭角を現わしていた。およそ十年ぶりに江戸へ戻って草鞋を脱ぐとすれば、金平のところしかあるまい。凶状持《きょうじょうも》ちなら、なおのことさ……」

「堅気《かたぎ》のお佳枝さんが、凶状持ちの十三蔵と夫婦《めおと》になったのか」

「お佳枝は汐留のひとり娘だった。両親をなくして、叔父が後見人になってはいたが、汐留を女手ひとつで守っていた。気丈な女でも、心細かったろうし、寂しかったんだろう。お佳枝が十三蔵と夫婦になったのは二十九のころで、十三蔵は金平一家の頭を務めていた。命を的に生きている十三蔵に惹かれた。自分が十三蔵を何とかしてやらねば、と思ったそうだ」

「わかる。お佳枝さんはそういう人だよ。だから、三流にも惹かれた」

修斎と三流は、静かな通りに含み笑いをもらした。

「十三蔵はお佳枝と夫婦になるとき、足を洗うと誓った。お佳枝はそれを信じ、夫婦になった。けどな、染みついたやくざの暮らしから簡単に足を洗えるはずがなかった。たぶん十三蔵は、口では誓いながら本気で足を洗う気はなかった、とお佳枝は言っていた」

「十三蔵は、何をやったのだ」

「確かなことは、お佳枝も知ってはいないのだ。ただ、十三蔵が忽然《こつぜん》と姿を消してから、三俣の金平と小曾木《おそき》の権七《ごんしち》の間に金杉の河岸場を廻《めぐ》る縄張り争いがあって、十三蔵が権七を斬って江戸から姿をくらました、と聞いただけだった。十三蔵が姿を消したあとになって、お佳枝が桃吉を身ごもっていることがわかった」

「十三蔵は、子供のことを知っていたら、どうしたろう」

「もっと早く江戸へ戻ってきた。たぶん、十年も江戸を離れてはいなかった」

金平の店の近くまできて、三流が言った。

「ゆうべ、美鶴さまの話を聞いて、わけもなく、十三蔵のことではないかという気がしてならなかった」

「美鶴さまの見かけた手代の充治が、十三蔵なのか……」

「そうだ。市川さんは、手代の充治が春世さんと無理心中をする謂われがないと言っていた。十三蔵は、何が狙いで十年ぶりに江戸へ戻ってきたのか。確かなことは何も言えない。ただ、わけも証もなく、ひどく訝しい、という以外はな」

修斎がうなった。

「修斎、話はわたしがする。どんなことが起こるかわからぬ。用心をしてくれ」

「心得た」

三流が先にたって、金平の店の表戸を開けた。

三俣から半町と少々、三田通りを北にとった常教寺《じょうきょうじ》。その山門をくぐってきたとき、十三蔵はひとりだった。

長身の痩せた身体に、黒の着流しと縞の半纏をまとっていた。

参道の砂利道に雪駄《せった》を鳴らし、本堂の回廊にのぼる階段わきに待っていた三流と修斎へ不敵な笑みを投げた。近づきながら、周囲を用心深く見廻した。

「よう、三流。おれがここだと、よくわかったな」

十三蔵は参道の先から、森閑《しんかん》とした境内《けいだい》に張りのある声を響かせた。三流は会釈をかえし、

「お佳枝から、聞いたのだ。たぶん、金平親分の店だろうと」

と、淡々と言った。

「お佳枝のばばあが喋ったかい。そうかい。おめえの方から会いにくるとは、意外だったぜ。今日は喧嘩はなしだぜ」

「あたり前だ。誰とも喧嘩をする気はない。売られなければな」

境内には、三人のほかに人影はなかった。

椎《しい》の木が、霞のかかった青空に枝葉を広げている。

十三蔵は、三流と修斎から三間ほどの間を開けて立ち止まった。

六尺を超える修斎を見つめ、嘲るように唇を歪めた。

「でけえな。今日は用心棒連れってわけだ。でけえのと小せえのが、似合いだぜ」

「この男は用心棒ではない。わたしが働く同じ読売屋の仲間だ」

「ああ、末成り屋、とかの仲間だな」

「錦修斎です。末成り屋の絵師をやっております。十三蔵さんですね。お初にお目にかかります。三流より、十三蔵さんのお噂はうかがっておりました」

「三流は、どんな噂をしていた」

「お佳枝さんの前のご亭主で、わけあって江戸を出て、今は傀儡師《くぐつし》となって八州を旅暮らしとか」

「まあだいたい、そんなとこだ。お佳枝のばばあはおれの元女房でよ。おれもじじいになったがな。お佳枝を三流にとられたぜ。十年もほったらかしにしたんじゃ、しょうがねえか。どういう面《つら》だろうが、じじいよりはましってことかね」

あひひひ……

十三蔵が笑い声を引きつらせた。

「で、用はなんだ。三流、おめえの用か。それとも、でけえ方のかい」

「読売屋の仕事だ。十三蔵さんをある場所で見かけた、という人がいてね。その場所というのが、たまたま読売の種になるある出来事とかかわりがあった。十三蔵さんとは知らぬ仲じゃない。ならば、十三蔵さんにじかに会って話をうかがおうと思ったのだ。少々、訊いていいか」

三流が言った。

「おお、かまわねえぜ。誰がどこでおれを見かけたか知らねえが、そりゃあ見かけもするさ。金平親分の店に一日中閉じこもっているわけにも、いかねえしよ。おれは旅廻りの傀儡師だ。上総の木更津あたりじゃ、これでも太夫と呼ばれて、顔もけっこう売れているんだぜ」

「そうか、十三蔵さんは今、木更津だったな。足かけ十一年ぶりの江戸には、どういう用件なのだ」

「ばばあの女房と倅をとり戻しにきたって、言えば驚くか。心配すんねえ。そうじゃねえ。操りの仕事だ。江戸でやってみねえか、その気があるなら間に入るぜと、金平親分から話があった。懐かしい江戸だ。じゃあまあ、お世話になりやす、という次第さ」

「操りの仕事は、江戸のどこで演《や》っている」

「ふん、てめえ読売屋のくせに、番所の役人みてえな訊き方をするじゃねえか。貧乏侍の気性が抜けねえってかい。どこで演ろうが、てめえになんのかかわりがある。江戸者は気が短えんだ。てめえと話をしてると阿呆らしくなるぜ。なあ修斎、おめえも三流と話をしてると阿呆らしくなるだろう」

「十三蔵さんは、生まれはどちらですか」

修斎は、逆に訊きかえした。

「おれか？　おれは大崎《おおさき》村だ。大崎村を出て、若えころに金平親分の世話になったのさ」

「なるほど、大崎村ですか」

「なんでえ。大崎村は江戸じゃあねえってえのかい」

「いえ、そういうわけでは……」

「ちぇ、どうでもいいや。で、三流、おれをどっかで見かけたやつがいて、それがどうだってんだ。さっさと訊きてえことを訊きな」

「十三蔵さんを見かけたのは、六日前の先月末だ。場所は木挽町の森多座で、十三蔵さんは女連れだった。その女とどういうかかわりなのか、聞かせてほしい」

「おれを森多座で見かけたやつってえのは、誰でえ。おれを知っているやつなら、おれもそいつを知っているのかい」

「誰から聞いたかは、許してもらいたい。読売屋にもやくざと同じ仁義があって、仁義を守らないと、読売が出せなくなる」

そのとき、参道の先の山門を黒い着流しの二人がくぐってくるのが見えた。二人は山門をくぐったところで足を止めた。

十三蔵は山門の黒い着物の二人を、ちらりと見た。薄笑いを浮かべ、

「あいつらは、おれの弟子だ。操りは三人でやる。三人の息が合わねえと、人形は上手く操れねえ。人を操るのと同じだ」

と、奇妙な言い方をした。

「三流、そいつが森多座でおれを見かけたというのは、他人の空似だ。江戸へ出てきて半月となにがし、森多座どころか芝居見物に、おれはいっちゃあいねえ。おれは傀儡師だ。人形の操りが芸だ。人の演る狂言は生臭くって好かねえ。それに比べりゃあ人形は素直でいい。操りを縮尻《しくじ》らなきゃあ、天にだって上るぜ。おれは操り以外、関心はねえんだ」

雪駄の下の砂利を、ずる、と鳴らした。

「森多座には、いってねえ。当然、連れの女というのも知らねえことになる。それでいいか」

「たぶんそういうだろうと、思っていた。六日前、十三蔵さんはどこにいた」

「六日も前のことなんか、覚えちゃいねえ。弟子らと操りの稽古でも、していたんじゃねえか。芸は毎日の稽古が欠かせねえんだ。それで、その六日前に読売種になりそうな何かがあったのかい」

「噂を聞いていないか。佃島の北の向島で無理心中があった。商家の手代と武家の女だ。武家の女の供をしていたおつきの女も、無理心中の巻き添えを食った。浄《じょう》瑠璃《るり》の演物《だしもの》になりそうな一件だった」

「ああ、あれか。噂は聞いてるぜ。いずれ、演るつもりだ。心中物は評判がとれるからよ。向島の無理心中と森多座にいたおれに似た男と連れの女が、なんぞかかわりがあるのかい」

「武家の女と手代は、無理心中の起こる前、同じ森多座で芝居見物をしていた。もしかしたら、十三蔵さんに似た男と連れの女は、心中者の隣にいたかもしれない。見た者に言わせれば、十三蔵さんに似た男がなぜ、同じ日の同じ森多座で芝居見物をしていたのか、連れの女は誰なのか、妙に気になったそうだ」

「くだらねえ。まったくどこのどいつか知らねえが、くだらねえことを詮索しやがる。どうせそいつは桟敷《さじき》から平土間を見下ろして、おれに似た男を見かけたんだろうが、芝居小屋にいったんなら、ちゃんと芝居を見てろと言っとけ。三流がわざわざ訪ねてきたから、なんだと思ったが、つまらねえ」

「なぜ平土間だとわかった。十三蔵さんに似た男と連れの女が、なぜ平土間にいたことを知っているのだ。確かにそのとおりだ。十三蔵さんに似た男と連れの女は平土間の桝席に居たのだ。それを、二階の桟敷から見られていた。あんたがなぜそれを知っている」

十三蔵は縞の半纏を羽織った肩を、ほぐすように上下させた。それから、浅黒い顔を空へ白けた様子で投げた。

「知るわけねえだろう。ただ、そうじゃねえかと察しただけさ。血の廻りの悪いおめえにはわからねえだろうがよ。まったく、阿呆を相手にするのはくたびれるぜ。なあ、修斎」

修斎は黙っている。束の間、三流と十三蔵は睨み合った。短い沈黙のあと、

「江戸には、いつまでいる」

と、三流が言った。

すると十三蔵は、険しい目つきのまま、低い声で言った。

「この前言ったろう。江戸を出るのは、預けていたものをとりかえしてからだ」

足下の自分の影を踏み消すように、ずる、とまた雪駄を鳴らした。前襟の間に片手を入れ、身体を斜めにした。

「おれにも訊きてえことがある。昨日の昼間、妙な二人組につけられた。二本差しと小娘だった。編笠をかぶっていて面は見えなかったが、二本差しは間違えなく若え女だった。それも飛びきり器量よしのな。金平親分の手下が二人組をつけた。二人組が戻っていった先が、器量よしの女侍には似合わねえ築地川沿いの小汚え土蔵だった。掃《は》き溜《だ》めの土蔵だ」

「それで？」

三流がかえした。

「あの器量よしの女侍も、おめえらの仲間かい」

「仲間ではないが、知り合いだ」

「だろうな。おめえらとじゃあな。だが、三流、修斎、忠告しといてやるぜ。掃き溜めの読売屋が、うろちょろしてあんまり目障りになったら、世間からお目玉を喰らうことになるぜ。世間のお目玉はな、おめえらが思っているよりはるかにえげつねえんだ。気をつけな。おめえらの身のためだ」

三流と修斎は顔を見合わせた。

「十三蔵さん、邪魔した。では。修斎、いこう」

三流が言い、修斎が頷いた。

二人は十三蔵を残し、椎や欅の木陰になった境内を山門の方へ歩んでいった。

山門のところの手下らが、二人を睨んでいた。そのとき、二人の背中へ十三蔵が鋭い声を浴びせた。

「三流、お佳枝のばばあに言っとけ。両三日のうちに汐留にいくから、それまでには、ちゃんと了見《りようけん》してろってな」

引きつった笑い声をたてた。

「十三蔵さん、江戸を捨てて旅暮らしをし、世間のえげつなさが身に染みたか。自分の心配をすることだ。手遅れかもしれぬがな」

三流がふりかえり、笑い続ける十三蔵に言った。

七

日本橋から江戸橋をすぎて、三河《みかわ》国西尾《にしお》領松平《まつだいら》家上屋敷の土塀がつらなる入堀の対岸、土手蔵が並んだ河岸場に、貸船の《大迫屋》がある。

河岸場は、小網町一丁目の末広河岸である。

天一郎と和助は、大迫屋の入堀の堤から歩みの板をゆらした。

荷物を満載した荷船が、入堀をひっきりなしに上り下りしているが、早朝の混雑する刻限はすぎていた。凪は殆どないものの、川面のひんやりとした冷気が、天一郎と和助の足下をくすぐっていた。

老船頭の徳助は、屋根船の艫の板子《いたご》を上げ、ごそごそと船底に音をたてていた。

「仕事中ごめんよ。徳助さんだね」

天一郎が、大迫屋の半纏に股引《ももひき》姿の徳助の尻に声をかけた。

徳助が船底から顔を上げた。

白髪まじりの月代が薄くのび、毛の少なくなった髷が月代の上にちょこんとのっていた。分厚い唇の周りの髭が、しょぼしょぼしていた。

「おお？　誰だね」

だが、見た目より声に張りがあった。

「末成り屋の天一郎、というもんでやす」

「あっしは和助と言いやす」

「読売屋でやす。大迫屋の旦那さんから許しを得ておりやす。徳助さん、ちょいとだけ、話を聞かせてくれやせんか。手間はとらせやせん」

「話？　なんの話だ」

徳助は板子を上げたまま、艫船梁《ふなばり》に腰かけた。首にかけた手拭で掌をぬぐい、その掌を紺地の股引の上にだらりとのせた。

「六日前の、例の向島心中のことなんで。散々話してうんざりでしょうが、もう一度、徳助さんにお訊ねしたいんでやす。あの日のことを……」

天一郎は徳助のごつごつした掌をとり、白紙の包みを握らせた。

「仕事が退《ひ》けたらこれで、一杯やっておくんなさい」

「おお？　ううむ、話すのは別にかまわねえが、何を訊かれても同じことしか話せねえぞ。あちこちの読売に同じ話がもう何度も出たでよ」

「それでけっこうでやす。ただ、わたしらは、あの向島の無理心中の一件は、無理やりは無理やりでも、心中じゃあなかったんじゃねえか、と疑っておりやす。それをよりどころに、お訊ねいたしやす。よろしゅうございやすね」

「あは、心中じゃなかったら、ありゃあなんだい。面白いことを言う読売屋だ。おめえらがそうしたいなら、そうしな。これはもらっとく。気遣いすまねえな。どうせ閑だ。中へ入れ」

白紙の包みに効き目があり、徳助は天一郎と和助を、花茣蓙《はなござ》を敷いた屋根船の箱造の中に入れ、「煙草を吸うか」「茶を呑むか」と、煙草盆やぬるい茶を出した。

六日前のその日は、両替商の真円屋の注文で、夕刻六ツ、木挽町森多座の芝居見物がすんだあと、充治という手代がお客の女二人を連れてくるので、新シ橋の河岸場に屋根船の支度をして待ち、三人を深川の八幡橋の河岸場へ送る仕事だった。

大店の客はご祝儀が期待できるし、仕事も簡単にすむはずだった。

屋根船は四周の障子をたて廻し、夕暮れどきの寒さに備えて中には小さなおき炬燵も用意した。

夕刻六ツを幾らか廻ったころ、新シ橋の河岸場から三人を乗せた。そうして向島の近くまで屋根船を漕ぎ出したとき、それが起こったのだった。

「……充治が喚いたすぐあと、女の悲鳴が聞こえたんだ。いきなり喚いて、すぐにぐさりと胸をひと突きだったから、野郎、よっぽど前から思いつめていたに違いねえ。慌てて障子の中に飛びこんだが、あとの祭りだ。女が炬燵の向こうで胸を押さえて倒れ、身体をひくひく震わせていた。押さえた手から血がどんどんあふれ、むごたらしいありさまだった」

「徳助さんは、春世という女がひと突きにされるのを見てはいねえんですね」

「櫓を漕いでいたんだ。見えるわけがねえ。けど、中に飛びこんだとき、もうひとりの女が充治にぐさりと、これも胸をひと突きにされ、悲鳴を上げて倒れたのは見た。血が噴いて周りに飛び散った。女の苦しみもがく手が、障子を突き破ってよ。おれは腰が抜けそうだった」

「徳助さんも、包丁を突きつけられたんで」

「そうだ。血まみれの出刃包丁だった。これからてめえも死んで春世さまとあの世で夫婦になる、邪魔をするならおまえも道連れにする、なんぞと喚きやがった。すっかり狂っていやがった。暗くてよくは見えなかったが、充治は血まみれだったと思うぜ」

「行灯は、消えていたんですね？」

「そうだ。初めに行灯が消えたんだ。充治がどんなふうに血まみれだったか、よく見えなかった。頬かむりもしていやがったしよ」

「接待役《もてなし》の手代が、客の前で頬かむりは妙ですね」

「そうか。おれにはわからねえが」

「充治に威《おど》されて、海へ飛びこんだんですね」

「あんな頭のおかしくなったやつを、相手にしてられねえ。海へ飛びこんで、明かりの見える本湊町の船着場を目指したのさ」

　ほどなく、夜の波間に男の悲鳴が響きわたった。

「宵の刻限に、周辺を通りかかった船は一艘もなかったんですかね」

「充治が喚き出す少し前、向島の蘆荻《ろてき》の東側に船影が見えた。だが、悲鳴に気づかなかったか、気づいたとしても巻きこまれねえように漕ぎ去ったか。どうなったかは、わからねえな。おれも動転して、自分のことで精一杯だったからよ」

「それは、どんな船でやした」

「茶船みてえだった。明かりをつけず、影しかわからなかった。そう言やあ、掩蓋《えんがい》の影があったような気がする」

　徳助は本湊町の船着場に泳ぎ着き、町内の自身番へ一件を訴えた。

　すぐに南御番所へ店番が走った。

　一刻半ほどかかって町方の検視がすんでから、屋根船が船着場に漕ぎ寄せられ、三人の亡骸は、屋根船から下ろされた。

　船着場で御用提灯に照らされた亡骸を確かめた徳助は、「うちのお客さん方に、間違えありやせん」と町方に言った。血に汚れた出刃包丁もあったし、充治が頬かむりをしていた手拭もあった。

徳助は鉈豆煙管に火をつけ、煙をくゆらせていた。

「やりたいようにやった充治は、仕方がねえ。けどよ、無理心中の相手にされた女と巻き添えを食った女は、本当に気の毒だ。この船も血に汚れて可哀想だったぜ。昔から使ってきたから、愛着が湧いてよ。綺麗に血をぬぐうのに三日かかった。この船じゃあ客がいやがるだろうから、新しい船を造る話も出ていてよ。おれがこいつを買いとりてえところだが、そんな金はねえし……」

と、徳助は屋根船を見廻した。

天一郎は、屋根裏へのぼる薄い煙を目で追いながら訊いた。

「真円屋からあの日に船を出す注文を受けたのは、いつなんで？」

「あの三日前だった。午後から半日、借りてえと」

「本両替町から末広河岸まではけっこうありやすね。真円屋さんからはよく貸船の注文があるんでやすか」

「いや、あの日が初めてだった」

「ほお、真円屋とは初めてで……誰が貸船の頼みに？」

「番頭の又左衛門さんだ。又左衛門さんが見えて、午後から半日の注文を受けた」

「充治とか、ほかの若い手代ではなく、番頭の又左衛門さん本人が大迫屋さんに注文に見えたんでやすね？」

「ご主人が出かけていて、おれが又左衛門さんと話をしたから、間違いねえよ。又左衛門さんはあの前の日にもきて、三十間堀の新シ橋の河岸場で待てとか、手代の充治が客を連れてくるとか、翌日の段どりを聞かされた。大事なお客だから、絶対遅れねえようにと念を押されたんだ」

「すると、充治とはその日の夕六ツが初めて、ということになりやすね」

「そうだ。向こうが河岸場にきて、真円屋の充治だと言うから、この男がそうかと知った。寒いので頰かむりをしていやがった。女の客が二人で、無理心中の春世はあんまり器量はよくなかった。着物は娘みてえな振袖だった。けど、だいぶ年増で振袖は似合っていなかった。なんであの女に、と今でも思うが、人はまあ、好き好きだからな」

徳助が鉈豆煙管を吹かしていた。

天一郎は腕組みをして、考えこんだ。両開きにした障子戸越しに、入堀を往来する荷船が見えた。水面に映った武家屋敷の土塀と邸内に植わった松が、日射しの下でのどかにゆれていた。

「徳助さん、充治の風貌はどんなでした。見た目を教えてくれやせんか」

「見た目？」

「丸顔か面長かとか、色黒か色白の優男《やさおとこ》風か、大柄か小柄か、黒子《ほくろ》が目についたとか、充治は三十四歳でしたから、歳より老けて見えたか若く見えたかとか」

「そういうことなら、本両替町の真円屋へいって聞いた方が、確かなことがわかるんじゃねえか」

「そうじゃなくて、徳助さんの見た目をお訊ねしたいんでやす」

「おれの見た目をか？　そうだな、背は高かった。あんたほどじゃねえが……」

と、徳助は鉈豆煙管で天一郎を指した。

「痩せていても肩幅があって、腕っ節《ぶし》は強そうに見えた。丸顔じゃねえ。面長でのっぺりした顔つきだ。浅黒い男だった。鼻が高くて、尖ってた。目は、普通の大きくも小さくもねえ目だ」

「二重で、それとも一重でやすか」

徳助は首をかしげた。煙管に刻みをつめて、煙草盆の火をつけた。煙を、ふう、とひと息に吐いて、「一重だったと思う」と言った。

「町方の立ち合いで、本湊町の船着場で亡骸の確認をなさった折り、三体ともちらっと見ただけで、本人と確認しやしたね」

「おれは、ちゃんと確かめたぜ」

「末成り屋は築地にありやす。じつはあの日、わたしらも本湊町の船着場に集まった野次馬の中におりやしてね。町方が筵ござを一枚一枚めくって、徳助さんがのぞきこんでいらっしゃるのを、見ていたんでやす」

「そうだったのかい。ともかく血が一杯でむごたらしくてな。長いことは、見ちゃいられなかったんだ。殊に、充治の首筋はぱっくりと口が開いたみたいになっていてよ。割れた肉が真っ赤なんだ。思い出しても、ぞっとするでよ」

「ちらっとのぞきこんだだけで、充治の面長なのっぺりした顔つきや、浅黒くて、尖った鼻や、大きくも小さくもない一重の目は、確かめられやしたか」

「あ、あたり前じゃねえか。無理心中は充治以外にはあり得ねえんだから、充治に間違いねえよ」

徳助は鉈豆煙管の吸殻を、灰吹きに落とした。

ですが、徳助さん——と、和助が傍らから言った。

「充治は血だらけだったんでしょう。身体も顔も……」

「ああ。どこもかしこも黒ずんだ血が飛び散って、これが人かと思ったぜ」

「そんなあり様で、よく確かめられやしたね。充治の顔だちが」

「どういうことだい？」

「先ほど申しやしたね」

と、天一郎は言った。

「わたしらは、無理やりは無理やりでも、心中じゃあなかったんじゃねえか、と疑っているって。充治は器量のいい女房と生まれて間もない赤ん坊がおりやす。無理心中などやるような男じゃねえんです」

「じゃあなんで、充治が、あんなことをやったんだい。おれは、おつきの女が充治に胸を刺されるところを見てるんだぜ。で、やつはおれに、血まみれの出刃包丁を突きつけたんだ」

徳助が、和助と天一郎を交互に見た。

「無理心中などやるような男じゃねえ充治が、なんで女二人の胸をひと突きにしたうえ、てめえの首をばっさりとかっきらなきゃあならねえんだ」

「それが変だから、話を訊きにきたんで。徳助さんだけなんですよ。屋根船の中で女二人をひと突きにした充治と、自分の喉首を掻き切って血まみれの充治の両方を見ているのは……」

徳助が、がらがら、と笑い声をまき散らした。

「おめえら、面白いことを言う読売屋だ。両方も何も、同じ充治じゃねえか。ほかのどこに充治がいる。充治はあの日、くたばったじゃねえか。おれはこの目で、はっきりと見ているんだぜ」

と、徳助はおかしくてならないふうだった。しかし、笑いながら天一郎と和助の目と目を合わせ、ふと、真顔になった。そして、

「間違えなく、あれは充治だったはずなんだがな」

と、自分に問うように首をかしげた。

八

西本願寺《にしほんがんじ》門前から門跡橋《もんぜきばし》を越えた南小田原町に、波除稲荷がある。海側に波除稲荷が見える築地川堤を新道へ折れる角に、黒板塀と見越《みこ》しの松がのぞく瀟洒《しょうしゃ》な二階家が建っていた。

二階家は界隈で座頭金《ざとうがね》を営む座頭・玄の市の住まいである。

五十すぎの座頭・玄の市、十ほど歳の若い女房のお久《ひさ》、住みこみの若い下女のお糸《いと》が、この店の住人である。

春の薄ぼんやりした日が、西にかたむき始めていた。

七ツ前、日本橋北の本石町《ほんこくちょう》で銭屋を営む京四郎《きょうしろう》が、玄の市を訪ねてきた。

「やあ、京四郎さん、早速きてくれたかい。さすがは、生き馬の目を抜く銭屋。やる事が早いね」

玄の市が節くれだった手で坊主頭をなでながら、六畳の客座敷へ招き入れた京四郎に言った。

「相変わらずのお褒めと励ましのお言葉、ありがたいことで。座頭金の玄の市さんと比べたら、わたしらは洟《はな》たれ小僧。生き馬どころか人の目を抜く玄の市さんを見《み》倣《なら》い、精進いたします」

三十代半ばの年ごろに見える京四郎が、くすくす笑いにまぜてかえした。

「人の目までは抜けないな。目を抜いてやりたいほど腹だたしいのはいるがね。そういうやつらは、自分以外はみな虫けらだと思っているんだ。残念だが、やつらのえげつなさには、座頭金程度の虫けらじゃあ相手にならない」

「一寸の虫けらにも、五分《ぶ》の魂《たましい》ですよ。魂のこもった蜂《はち》のひと刺しが命とりに、ということもありますからね」

玄の市と京四郎が笑い声をそろえた。

客座敷には濡れ縁があって、黒板塀に囲われた狭い庭がある。塀ぎわの松が、靄《もや》のかかった薄青い空へ形のいい枝をのばしていた。庭は女房のお久が目の不自由な亭主のために手入れをし、春はひなげしでしこ、五色唐辛子《ごしきとうがらし》の実を色づかせ、えぞ菊を色鮮やかに咲かせた。玄の市は花や実を見えぬ目で見て、

「ああ、綺麗だね。花の色が鮮やかに匂っている」

と、喜ぶのである。

下女のお糸が茶と菓子の草餅《くさもち》を京四郎に出した。

「すまないね」

と、お糸に微笑んだ京四郎は、瀬戸《せと》の茶碗を慣れた仕種であおり、茶菓子の草餅をぱくりと頬張った。

「ふむ、花月屋《かげつ》の草餅は旨い。花月屋の草餅は、こちらへうかがうときの楽しみです。何しろわたしは……」

甘党ですから——と自慢げに言い添えるのが、京四郎の口癖だった。

「昨夜からわずか一日足らず。何かつかんだから、京四郎さん自らきてくれたんだろう。聞かせてもらおうか」

玄の市は端座した膝に手をのせ、節くれだった指先をぽんぽんと遊ばせた。

昨日の夕暮れ、末成り屋の天一郎が玄の市を訪ねてきた。天一郎は、市川夫婦に頼まれ、先月一月《むつき》の晦日《みそか》に起こった向島無理心中の一件を改めて調べ直している経緯を語ったうえで、

「師匠の力を、お借りしたいのです」

と、ある頼み事をした。

それから一日足らずの夕方の七ツ前、本石町で銭屋と質屋を営む京四郎が、玄の市を訪ねてきたのだった。

京四郎は、またひと口含んだ茶碗をおき、「ではまず」と言った。

「銭屋でも、両替商とのつき合いは欠かせません。昨日、玄の市さんから手紙をいただいて、ああ、これなら、と思いました。と言いますのも、うちと本両替町の真円屋とは、とり引きが始まってもう十年以上になるのです」

「そうかい。京四郎さんところは、真円屋ととり引きがあったのかい。そいつは都合がよかった」

「たまたまです。まあ、これでも両替商とのとり引き先は、真円屋だけではありませんけれどね。お訊ねの真円屋の又左衛門は、商人貸はもとより、大名貸、米相場

や為替《かわせ》相場に顧客から集めた元手を働かせて、とり引きのたびに打分を稼ぐ真円屋貸付掛の筆頭番頭です」

ふむ、と玄の市は頷いた。

「顧客から集めた元手は、貸付が上手くいき、つぎこんだ米手形や為替手形の相場が上がれば、顧客は儲かりますが、貸付が焦げついたり相場が下がれば顧客は損をします。しかし、仲介役の真円屋はとり引きの打歩で稼ぐ商売ですから、顧客が儲けようが損をしようが、とり引きさえあれば儲かりますし、とり引き額が大きくなればなるほど打歩も大きくなる仕組みです」

「それはわれわれ金貸しも同じだ。おかしくはない」

玄の市は膝の上の指先を、のどかに遊ばせている。

「貸付掛筆頭の番頭ともなりますと、わたしら小口の客は相手にしません。又左衛門が相手にするのは、身分の高い公儀役人とか大名とか大商人《おおあきんど》だけ。中小の商人や小金を蓄えていそうな家禄の低い武家などは、下役の手代にお得意廻りをさせるわけです」

「掛の手代が、いたのだね」

「当然、本石町界隈を廻る集金方がおりました。その集金方がうちへ顔を見せ、この米手形を今のうちに買っておけば秋には相場が三割以上の値上がり間違いなしです、などと言って金を集めるのです。なあに、手代に秋の相場がどうなるか、本当のところなど、わかっちゃいません。小口の客から金を集めて、又左衛門らが働かせるための元手作りが役割ですから。うまい話しかしませんよ」

「そりゃ、そうだ」

「大抵損をして、儲かるのは両替商だけです。手代の口車に乗せられる方が悪い、というわけですよ」

「それも言える。だが、いい加減な事を並べたてて口車に乗せる方は、もっと悪いがね。両替商も銭屋も……」

「当然、座頭金も……」

玄の市と京四郎は、またそろって笑い声をたてた。

「掛の手代ごときに先の相場などわかりはしませんが、しかしながら、お店の表沙汰にしたくない事情は、下っ端の手代らでも、存外、詳しいのです。真円屋の表沙汰にしてはならない事柄でも、手代らはここだけの話とか、わたしが言ったことは内緒にしてくださいね、と前おきして、幾らでも話してくれます。手代らは話したくて仕方がないのです。人の口に戸はたてられません」

「例えば、どんな事をだね」

「これからが、玄の市さんお訊ねの又左衛門のことに、相なります」

京四郎はそこで、「まずはこれをいただいて」と、草餅の残りのひとつをむしゃむしゃと始めた。

「もっといるかい？」

京四郎は勢いよく口を動かしながら、「いたらきまふ」と言った。それから茶を、ごくごくっ、と音をたてて呑んだ。

玄の市はお糸を呼び、草餅のお代わりを言いつけ、「そうだ、花月屋さんから山盛りで買ってきて、京四郎さんに出してやっておくれ。茶のお代わりもな。急須《きゅうす》ごと持ってきなさい」と、命じた。

「手代が言いますには、又左衛門は貸付掛の番頭を命ぜられて八年、筆頭番頭について五年になり、とにかく公儀役人、大名、大商人など、お歴々に顔が広く、今や上役の頭取や主人ですら又左衛門のやり方には口を挟めない、真円屋の中ではもっとも勢いのある番頭なのです。遠からず頭取の役に就き、真円屋は又左衛門がいっさい差配する日は近いと見られています」

「儲けを得るための商売なのだから、主人が力のある奉公人に商売を任せるのは、間違った判断ではないね」

「お歴々に顔が広い。勢いがある。その事だけを見ればそのとおりです。又左衛門は若い手代のころに奉公人の中から頭角を現わし、手代、番頭、筆頭番頭をへて、次は頭取に就き、主人をもしのぐほどの力をつけつつあった。いや、今はまだ、つけつつある、ですかね。ただ、又左衛門の出世が順風満帆《じゅんぷうまんぱん》かというと、じつは、ここにきてそうでもないらしいのです」

「ほう、又左衛門の出世になんぞ支障をきたしているのかい」

「今のところは根も葉もない噂、ですがね。貸付掛が貸しつけている大名貸で、又左衛門に押領があったというんです。大した額じゃありませんよ。大名貸たって当座のやり繰りの数百両からせいぜい数千両。そのうちの五分ばかりを摘まんだところで、高が知れています。ただ、この噂がやっかいなのは、横領した金額の多い少ないじゃないいんです」

ふむ、と玄の市は頷いた。

「すなわち、この噂が表沙汰になり、万々が一、実事だったとすれば、御為替十人組の一角を占めてきた老舗両替商・真円屋の看板に疵《きず》がつき、御為替十人組を公儀よりとり消される恐れがなきにしもあらず、ってわけです。そうなりゃあ、年に数十万両の金を動かす真円屋にとっちゃあ、だいだいの、大打撃。押領した額がいくらとか言っていられる場合じゃありません」

「そりゃあ、又左衛門の出世に支障をきたすわけだ」

「当然、又左衛門は大店真円屋の頭取就任どころか、平番頭か手代に格下げ。場合によっちゃあ、これやこれやこれもあり得るわけです」

と、京四郎は手刀の打ち首とお縄になる仕種をして見せた。

「どこから出たんだい、その噂ってえのは」

「そこになると、手代の歯ぎれが急に悪くなりましてね。ところで、玄の市さん、なぜ真円屋の又左衛門なんですか。又左衛門と、なんぞかかわりが?」

「ふうむ……わたしにも意外な、あまりに突拍子《とつぴようし》もない事柄だから、昨日の手紙には書かなかったんだがね」

と、玄の市が言ったとき、お糸が草餅の新しい皿と、茶のお代わりを急須ごと盆に載せて運んできた。

京四郎は、早速、草餅をむしゃむしゃしながら、玄の市が語る向島無理心中の一件にかかわる事情に、ふん、ほう、と相槌《あいづち》を打った。あらましがわかると、

「たぶんそうじゃないかな、と思っていました。玄の市さんのことだから……」

と、京四郎は茶を呑み、げふ、と曖気《げっぷ》を鳴らした。

「これは失礼……」

うう、と玄の市は口をへの字に結んで蛙みたいな声を出し、膝の上の指先を、ぽん、ぽん、と遊ばせた。

「で、わたしは気を利かせ、一応、充治という無理心中をやった手代のことも訊いておきました。うちの方の掛の手代と本所界隈の武家屋敷が掛だった充治は、真円屋に小僧奉公を始めたときからの仲でした。歳は充治がひとつ上の三十四歳。恋女房と所帯を持つことが許され、子供もいる身です」

「ああ、そのようだね。そんな男が無理心中とはね」

「ふむ、そんな男が、ですわね。それはともかく、こっちは噂ではなく充治本人がうちの方の手代に言っていた実事です。充治が言うには、美濃永山家《みのながやま》に大名貸をしている貸付額と利息の回収額が、百両ほど合わないと。充治は有能な手代で、本所の小禄の武家のほかに、大名貸の掛の担当でもあったので、それに気づいたようです。真円屋の商いからすると、微々たる額なのですが」

「百両が真円屋には微々たる額なのかい。凄いね」

「まったく、わたしら銭屋は微々たるの、そのまた以下ですよ」

「いつのことだい」

「うちの方の手代が充治から聞かされたのは、去年の秋の終わりです。充治は大した額ではないけれども、放っておくわけにはいかないから、調べなおしてみると、そのときは言っていたそうです。うちの方の手代も、そりゃあ調べなおしてみなきゃあね、とこたえた。で、ひと月ばかりがたって充治が、又左衛門さんの決済がおかしいんだ、とうちの方の手代に言ったわけです」

「又左衛門の押領の噂を裏づけるような話を、充治がしたんだね」

「さようで。しかも、永山家だけじゃないらしく、あそこの大名貸で幾ら、こちらのお屋敷で幾らと、ほかにもあって、合わせたら相当の額になりそうで、そのどれも、又左衛門が貸付掛の番頭から筆頭番頭に就く間に、貸付が始まった大名ばかりときた」

そう言って、草餅をぱくりとやった。

「それで充治は又左衛門に、この勘定は合いませんが、と問い質《ただ》した。すると又左衛門は、そうか、調べて直しておく、こっちはおまえが気にしなくてもよい、と言っただけで、まともにとり合う様子がなかった。うちの方の手代は、又左衛門の噂を耳にしていたので、これはちょっとまずいと思った。あんまり首を突っこまない方がいいんじゃないか、と忠告したそうです」

「おやおや、わたしも手伝う、一緒に調べよう、とは言わなかったのかね」

「そりゃ無理だ。間違いなく押領があった、不正があったとわかっていりゃあまだしもですよ。確かな事もわからないし証もないのに、変に勘繰《かんぐ》って、今お店でもっとも勢いのある又左衛門に睨まれ、暇を出されちゃあ、十代の初めから三十すぎまで勤め上げたこれまでの何もかもが水の泡になってしまう。手代ごときにそれを求めるのは、酷というものですよ」

玄の市の膝の上でぽんぽんと遊ばせる指先が、だんだん早くなっていた。

「先を続けて……」

玄の市が促した。

「うちの方の手代は、年の瀬にかけて忙しく、充治と話もできなかった。で、それから月日が流れ、年が明けた」

「月日が流れは、大袈裟だね」

「むろん、うちの方の手代は、充治が忠告どおり、又左衛門のことにかかずらってはいないと思っていたわけです。しかし、年始になって充治がひどく浮かぬ顔をしていたので、どうしたんだい、顔色が悪いよ、と訊くと、あれから又左衛門に大名貸の掛をはずされ、今はこれまでの小口のお得意のほかに、あちこちの岡場所や貸元と言われているお得意廻りをやらされている、と言ったそうです」

「岡場所や貸元も、真円屋のお客なのかね」

「何を仰います、玄の市さんらしくもない。岡場所の主や貸元という方々は、女郎や貧乏人の生き血を吸ったこれを、ざっくざっくと持っているじゃありませんか。集金方は、金のあるところならどこからでも金を集め、それを又左衛門が大名貸や相場につぎこんで働かせるわけです」

「けど、そういう相手は、損が出たら集金方は恐い目に遭わされそうだね」

「そのとおり。しかし又左衛門は、金に貴賤《きせん》はない、そういうお客とも堂々と渡り合うのが一流両替商の手代だという考えで、そういうお客からも集金をするようになったのは、又左衛門が筆頭番頭に就いてからみたいです。大抵は、あまり使い物にならない手代がいかされるそうですがね」

「充治は、どんなところへいかされていたんだい」

「気になりますか？　なりますよね。深川や浅草のあちこちにいかされて大変だと言っていましてね。ここんとこは、三俣の金平という顔利きのところへよくいかされて、金平のところはなんだかいやな気配なんだ、とも言っていたそうです。知ってますか、三俣の金平は」

「知っているよ。三田町の三俣だろう。三俣の金平は柄の悪い男さ。長屋女郎のいる岡場所の地主だね。あの界隈の顔利きでとおっている。物騒だから、わたしも相手にしたくない」

「まったく、ああいう無頼な者らからも金を集めさせて、そういう男だから、又左衛門は大店真円屋の営みを左右するほどに、のしていったんでしょうね」

「充治は、又左衛門の押領の件は、どう言っていたんだい」

「それそれ。うちの方の手代がそっちのことを訊いたら、それはそれだから、たとえ又左衛門に睨まれても、奉公人としては放っておくわけにはいかない、と言っていたようです。義を見てせざるは勇無きなり、って言うか、どうやら充治とはそういう一徹な気性の男のようですな。うちの方の手代は、女房や赤ん坊がいるんだから、あんまり無理するなよ、と言ったようで」

玄の市の膝の上の指が、ますます忙《せわ》しなくなっていた。

「それが先月末の、向島での一件ですよ。真円屋は、上を下への大騒ぎになった。そりゃあそうですわな。分別盛りの三十四の、女房も子もある手代が、事もあろうに、お得意の武家の女と無理心中なんて、命をとられた女は堪《たま》ったもんじゃありません。供をしていたおつきの女も、巻き添えになって命を落とした。まったく、とんでもないことをやらかしたもんです」

京四郎は言いつつ、草餅をまたつまんだ。

「先月末の森多座への招きは、又左衛門が接待役《もてなし》を務めるはずだったのが、前日、又左衛門に急用ができたとかで、充治が代役になったんです。充治は生真面目な仕事ひと筋の手代で、そういう接待役に向いていない。なんで充治なんだろう、代わりはほかにいるのに、とうちの方の手代は思ったそうです」

と言い終えると、草餅をぱくりとやった。

「充治はね、又左衛門に、気の利かない周りへの配慮の足りない男だと思われていたようだ。そんなようなことを、手代は言っていなかったかい」

「そういうことは言っていませんでした。うちの方の手代は、充治は、真面目で仕事ひと筋で、有能な、とか、そんなことしか。しいて言えば、まっすぐな筋を通す気性で、少し先輩方に煙たがられていた、ということぐらいですかね。けど、頑固なわけじゃない。むしろ気持ちのいい男だと。そんな男が、突然の乱心、無理心中ですから、人の心の闇の深さに、ぞっとさせられます」

玄の市は、ばん、と両膝を叩いた。

「京四郎さん、わたしはこれから、出かけないといけないところができた。急いでいるんだ。すまないが失礼させてもらうよ。ゆっくりして、草餅を好きなだけ食べていっておくれ。じゃ、今日はな」

「ええ？　お出かけで？　なら、例の返済の方の期限なんですがね。ご猶予《ゆうよ》の方、お願いできませんか」

「わかった、わかった。了承した。待つよ。心配しなくていい」

「おありがとう、ござい……」

京四郎は立ち上がった玄の市に頭を垂れ、げふ、とまた噯気を鳴らした。

「失礼……」

九

天一郎と和助が末成り屋に戻ったのは、夕方の七ツ半すぎだった。

末成り屋から南へ堤道を四半町ほど離れた道端に、掛小屋の煮売屋がある。

そこからさらに南へ半町ばかり堤道をゆくと、姫路酒井家の練塀《ねりべい》に突きあたる。

煮売屋の表に酒と大きく記し、めし、御吸物、と書き添えた油障子をたてかけ、地面がむき出しの狭い土間には、筵ござを敷いた長腰掛が二台並べてある。たてた障子戸の間から、築地川の流れと対岸の武家屋敷の土塀が見えた。川端の柳や桂《かつら》などの木々が、夕方の日を浴びて赤く燃えていた。香ばしい煮炊きの匂いにくるまれた土間の、道側へ設《しつら》えた竈のそばに、手拭を吹き流しにかぶった亭主がいた。

竈にかけた鍋から上がる湯気が、亭主の浅黒い顔をなでていた。竈の薪が盛んに燃え、薄い煙が店の前の堤道へもやもやと流れ出ている。

長腰掛の一台に、玄の市と天一郎がかけ、もうひとつの長腰掛に修斎と三流、和助の三人がかけ、二人と向き合っていた。

亭主が鉄絵《てつえ》模様の徳利とぐい飲み、馬の目の大皿に盛った煮炊き物をそれぞれの傍らにおいていた。

五人の間の物静かな会話が途絶え、夕方のときが、築地川の流れのようにゆるやかにすぎていた。武家屋敷の空に、烏《からす》の鳴き声が聞こえた。しばしの沈黙のあと、玄の市がぐい飲みをおいて、

「意外な展開ですね、天一郎さん」

と、言った。

「森多座にいて向島で無理心中をした充治が、三俣の金平の店にひそんでいたということだけでも驚きなのに、お佳枝さんの前の亭主の十三蔵が、まさにその充治らしいときては、もう開いた口がふさがりません」

「美鶴さまの話を聞いたとき、十三蔵ではないかという気がしてならなかった。美鶴さまが森多座で見かけた充治は、十三蔵としか考えられない。これは一体、どういうことだ。天一郎、からくりをといてくれ」

三流が言った。玄の市が頷き、

「わたしにも聞かせてください、天一郎さん」

と、天一郎を促した。

天一郎は、修斎、三流、和助の順に見廻した。

「二人の充治がいたことは、疑いようがない。ひとりは、市川の春世さんやおつきのお杵と共に向島の屋根船で命を落とした本物の充治。今ひとりは、森多座にいて春世さんたちを接待し、どこかで本物と入れ替わった贋者《にせもの》の充治だ」

「そうとしか考えられませんよね。だけど天一郎さん、船頭の徳助は、無理心中が起こってから本湊町へ運ばれてきた三人の亡骸を見て、新シ橋の河岸場で乗せた三人に間違いないと言っているのです。亡骸は本物の充治なのですから、贋者と入れ替わったとしたら、新シ橋で船に乗せる以前ということになります」

「そうなるが、そんな入れ替わりがあったら、春世さんたちが気づかないはずがない。そんなことをする接待役を、きっと、怪しんだはずだ。だいたい、無理心中を仕かけるほど思いつめていた本物の充治は、贋者と入れ替わるまで、どこで何をしていた」

と、修斎が言った。

「それが謎です。第一、春世さんたちに怪しまれずに入れ替わりをすいすいとやるようだったら、本物の充治と贋者は、まるで示し合わせていた仲間、みたいになりますからね」

「しかも、贋者が十三蔵だったとしたら、充治と十三蔵はなんらかのつながりがあったか、あるいは二人を結びつけた者がいるわけだな」

三流が、ぐい飲みを持ち上げたまま口を挟んだ。

「両者を結びつけるとすれば、三俣の金平か。充治は集金方の仕事で三俣の金平を訪ねているうちに、何かの事情で深いかかわりができた。金平の企みに充治が加担し、この無理心中をやった」

修斎が首をひねった。

「でも、どう考えたっておかしいですよ。そんなことをして、無理心中なんて、奇妙ですよ。ただ無理心中をするためだけに、そんな奇妙な入れ替わりをしなければならないのですか。魂胆《こんたん》がわかりません」

「だから、あの無理心中には、きっとまだ隠されている裏があるのだ。市川さん夫婦は、それを探ってくれ、と言っているのだな」

修斎が三流に言い、三流は、むむ、と頷いた。そして、

「あれは本当に、無理心中なのか」

と、呟いた。

「天一郎さんの考えを聞かせてください。なんだか、頭がこんがらかって、変になりそうです。天一郎さん、すっきりさせてください」

天一郎は束の間考え、玄の市に言った。

「昨日はまだ、薄ぼんやりとしていましたが、三流と師匠の話をうかがってから、向島心中のからくりが読めてきました」

「そうですね。わたしも少し、そんな気がしてきました」

玄の市がこたえ、二人は小さく頷き合った。

修斎、三流、和助の三人が、天一郎を見守った。

「まず、船頭の徳助が新シ橋の河岸場で船に乗せた充治と、本湊町で亡骸を確かめた充治は違う充治だ」

「ですが、徳助はどちらも同じ充治だったと言っているのですよ」

「新シ橋の河岸場で乗せた充治と思いこんで、本湊町で充治の亡骸を確かめた。夕暮れ間近い六ツすぎ、充治は手拭で頬かむりをしていた。それに、喉をかききった亡骸は血みどろだったはずだ。和助も、徳助に確かめていたではないか。同じ充治に間違いないかと」

「美鶴さまの、三俣の金平の店に消えた充治の話をきいていますからね。けど、まったく別の者を同じ人物と見間違える、そんなことがあるのでしょうか。ときがたって覚えが薄れているならわかります。徳助が船から逃げて亡骸を確かめるまで、ほんの一刻と少々の間なのです」

「自分の見ている亡骸は、一刻以上前に船に乗せた者と同じ者だ、それ以外にはあり得ない、と思いこんだ心が、そう見させたのだ」

和助は首をかしげ、修斎と三流へ見かえった。そのとき、

「そのとおりだと、わたしも思いますね」

と、玄の市が言った。

「人はおのれの見たいものだけを見て、見たくないものは見えないというのは、よくあることです。ちゃんと繰りかえし見ているはずなのに、見たくない心が見えなくしてしまうのです」

「でも、それは師匠が……」

「確かに、わたしは目が見えません。だから、わたしは自分の心で人を見ている。和助さん、修斎さん、三流さん、そして天一郎さん、みなさんの姿形は心の目で見えているのですよ。心のすべてを働かせて、見ている。わたしには、そうするしかないからです」

と、ぐるりと四人を見廻すような仕種をした。

「ところが、目明きのみなさんは、目が見えているのに目の見えないわたしらの真似を、しばしばやっている。見たくないものを見ないだけではありません。自分の心が思いこんだとおりに見てしまう。いや、見えてしまうんです。自らを省《かえり》みる思慮深さが足りないのです。早い話が、目明きは少々傲慢《ごうまん》で、うかつなのです」

あははは……

玄の市は、おかしそうに笑った。すると、

「確かにそうだ。絵を描くことも、同じだ」

と、修斎が言った。

「絵師は、おのれの心に響く絵を描いている。海、山、野、木々や草花、鳥獣虫魚、人、絵師はあるがままに従うのではなく、おのれの心に従ってあるがままを作り変えて描いている」

「なるほど。言われてみれば、普段の暮らしの中でも身に覚えがあります」

和助が目線を宙へ泳がせた。

「まず、春世の悲鳴が聞こえて、徳助はたてた障子戸を開け放ち、屋根船の中へ飛びこんだ。そこで、春世がすでに胸を刺されて倒れ、お杵が充治に胸を刺された様を見た。それはまだ、贋者の充治だ。贋者に包丁を突きつけられ、恐くなって海へ飛びこんだ。本湊町の船着場を目指して泳いでいるとき、後ろの船から男の悲鳴が聞こえた」

「そうです。ふりかえると、波間に行灯の灯が消えた船の影がゆれているのが見えたと、徳助は言っています」

「和助、本物と贋者の入れ替わりは間違いなくあった。それを根本に考えるなら、入れ替わりは徳助が海へ飛びこんでから、本物の充治の悲鳴が聞こえるまでの間としか考えられない。すなわち、本物の充治は贋者の充治に殺されたのだ。春世さんとお杵さんと共に、無理心中を装ってだ」

玄の市と三人の仲間たちは、天一郎の言葉に聞き入った。

「あの夜の船影が、見えるような気がする。向島の反対側の方に、ひっそりと合図を待っている船が浮かんでいるのがな」

亭主が竈の火の中に薪を入れ、ぱちり、と薪のはぜる音が聞こえた。

「徳助が海へ飛びこんだあと、贋者はきっと、決めてあった合図を船影に送った。船は音もなく漕ぎ寄せられた。中には本物の充治が縛《いまし》められ、猿轡《さるぐつわ》を嚙まされて横たわっている。薬で眠らされていたかもしれないが、本物の充治は間違いなく生きていた。首をきられたとき、飛び散る血がなければ無理心中に見えない。死体から血は、飛び散らないからな」

玄の市が、うむ、と長い吐息をついた。

「無理心中と思わせる惨状を作り上げた贋者と仲間は、合図がくるのを待っていた船に乗りこみ、闇の中にまぎれて向島の海に姿を消した。誰も、充治の無理心中を疑わなかった。江戸中の読売屋が、向島心中を面白おかしく書きたてた。末成り屋もそうだった」

「ええ、ええ、そうでした……だけど、天一郎さん、贋者の充治は何が狙いでそんな面倒な細工をしたのですか。そうだ、それに贋者の充治は、お佳枝さんの前の亭主の十三蔵なんでしょう？」

和助は天一郎から三流へ向きなおった。

三流は眉間《みけん》に深い皺を刻んで、ぐい飲みをあおった。

天一郎は三流へ徳利を差して言った。

「三流、十三蔵という男は、足かけ十一年も前、江戸を離れて、操りの芸人になったのだったな」

「八州の旅廻りをして暮らす、傀儡師だと言っていた」

「木更津からきたのだな」

「そうだ。木更津にねぐらがあるらしい」

三流のぐい飲みに酒を満たした。

「先だって、町方の初瀬さんから《木更津の傀儡師》という凄腕の掃除屋が、江戸に入ったらしいという噂を聞いた。町方の間だけでとり沙汰されている噂だ。噂にすぎぬようだが、廻り方に、念のため気に留めておくように、という上からのお達しがあったそうだ。和助も聞いただろう。先月、尾張町の滝田《たきた》で……」

「ああ、そうでした。覚えています。初瀬さんが言っていましたね。木更津の傀儡師の名は、数年前ぐらいから、博徒や渡世人の間に知れ渡っていて、傀儡師で八州を廻る旅芸人は仮の姿。本当の生業は凄腕の掃除屋。その掃除屋がひと稼ぎするために江戸に入ったらしい、という噂ですよね」

和助が言った。

「木更津の傀儡師？　凄腕の掃除屋というのは、もしかしたらやっかいなもめ事をこっそり処理する始末人のことか」

と、修斎。

「そうだ。人を傀儡のように自在に操って生き死にの始末をする、木更津の男らしい。だから木更津の傀儡師だ」

「じゃあ、十三蔵が木更津の……」

「わたしの推量だ。証は何もない」

天一郎は修斎を制した。

「しかし、天一郎はそう推量しているのだろう。推量するわけを聞かせてくれ」

三流が天一郎に言った。

「向島の無理心中は充治が起こしたことになっている。だが、市川さんによれば充治は春世さんを殆ど知らなかった。所帯を持つことが許されたばかりの恋女房と赤ん坊がいる。仕事に生真面目な、筋をとおす、有能な手代だった。充治は、無理心中をやっていない。充治には、無理心中をやる謂われがないのだ」

「だが、向島心中は起こった」

「誰かが起こした。三人が命を落とした。三人ともにか、あるいは三人の中の誰かを消したい者がいた。ただし、その誰かは消されたのではなく、無理心中という不慮の出来事によって命を落としたことにしなければならなかった。消したい者に疑惑の目が向けられぬようにな」

「なるほど、そうか」

と、修斎が言った。「そういうことか」と、三流が言い添えた。

「ええ？　何がそうなんですか。どういうことか、わたしにはわかりません。わかるように教えてください」

和助が四人を見廻した。

玄の市がぐい飲みを舐め、喉を鳴らした。

「和助、三人共に、もしくは三人の中の誰かが亡くなったことによって、得をした者、あるいは損をこうむらなかった者がいるはずだ。その者が無理心中を仕組んだと推量するのだ」

和助は目を瞠《みは》り、唇をぎゅっと結んだ。

「師匠、銭屋の京四郎さんの話をうかがって、からくりの見えなかったところに筋道が通った気がします。わたしの推量は、無理がありますか」

「いいえ。無理ではありません。わたしも、修斎さんや三流さんと同様、天一郎さんの推量に同感です。有能で筋を通す手代の充治が、番頭の又左衛門の押領に気づいた。又左衛門は、公儀役人、大名、大商人など、江戸のお歴々に顔が広い。顔を広くすることによって、本両替町の大店の両替商・真円屋の中でのし上がっていった。顔を広くするためには、それなりに金がかかったでしょう」

玄の市がごつごつした指で、坊主頭をなでた。

「押領は、額の多い少ないではない。それが表沙汰になれば、御為替十人組の真円屋の看板に疵がつき、数十万両の金を動かし続ける両替商・真円屋の又左衛門は終わってしまう。これまで築き上げたものを棒にふり、事と次第によってはお縄になり、死罪になるかもしれない、と京四郎は言っておりました。手代の充治に押領を知られたとき、又左衛門は放っておけない、と考えたはずです」

「ええ？　そ、それで充治を始末させるために、木更津の傀儡師が雇われたんですか。人の始末を人形を操るようにやってのけるという……」

「又左衛門は、充治の口をふさがないと身の破滅になると考えた。三俣の金平が又左衛門と木更津の傀儡師の仲立ちをした。おそらく又左衛門の、もしかしたら木更津の傀儡師のかもしれないが、描いた筋書きはこうだ。まず、充治のお得意廻りの市川家の春世さんに目をつけ、春世さんだけを、巧い口実を設けて森多座の芝居見物に招いた。おつきのお杵が供をすることになったが、それぐらいは仕方がない。二人共に、犠牲にするしかない」

犠牲に——と、和助が呟き、ごく、と喉を震わせた。

「又左衛門の接待ということで、又左衛門が自ら支度をした。船は普段使う貸船屋ではなく、わざわざ末広河岸の大迫屋に頼んだ。普段使う貸船屋では、船頭に充治の顔を知られている恐れがあるからだ。徳助が船頭で、当日の夕刻六ツ前、三十間堀の新シ橋の河岸場に屋根船の支度をして待つことになった。充治という手代が客を連れてくる、充治と客を乗せて、という手はずだった」

「そうでしたね。大迫屋には又左衛門が自らいき、貸船を頼んだのでした。どうして手代か下男にやらせず、番頭の又左衛門が自分で出向いたのだろう、という気がしていました」

「けれども前日、又左衛門には急用が入り、翌日の接待にいけなくなった。代わりの者に、市川さまのお嬢さまの芝居見物の接待役を任せなければならない。又左衛門は充治に、接待役をおまえに任せる、と命じた。あの堅物《かたぶつ》の充治が接待役では、お客さまも堅苦しいだろうな、と思う者もいた。ほかに人がいるのに、と」

「そうです。充治の朋輩の手代はそう思ったそうです」

と、玄の市が頭をなでながら言った。

「和助、充治の女房のお牧さんが言っていただろう。あの日、充治は真夜中の八ツ前に小伝馬町の店を出たと。一番太鼓が打ち鳴らされるはるかに前だ」

和助は頷いた。

「充治は、接待役で春世たちを芝居茶屋に迎える前に、金平の店にいく内々の用を又左衛門から言いつけられていたのではないか。充治は生真面目な手代だから、仕事の話は、女房のお牧さんにさえしなかった。内密の用だ、と釘を刺されていたかもしれない」

天一郎が言うと、修斎が継いだ。

「充治は三俣の金平の店で用をすませ、急いで芝居茶屋へ向かうはずだった。ところが金平の店で充治はとらえられ、たぶん、簀巻《すま》きにされて近くの船着場から船に乗せられ、向島の海へ運ばれた」

「木挽町の芝居茶屋の村雨では、贋者の充治が春世さんたちを迎えていた」

それは三流が言った。

「つまり春世さんは、本物の充治の顔を知らなかった。充治と春世さんは、お得意さまの家のお嬢さまと接待役の手代、ということぐらいしか相手を知らない間柄だった。にもかかわらず、充治が誰かに殺されたのではなく自ら命を絶ったという一件にするため、無理心中の狂言が仕組まれたのだ。無理心中であれば、充治が命を落としても、充治を放ってはおけない者に疑いの目が向くことはないからな」

「そんな無茶苦茶な。それじゃあ、春世さんやお供のお杵は、狂言の生贄《いけにえ》にされたも同然ですよ。むごい……」

和助は呆れて、言葉を失ったかのようだった。

煮売屋に晩飯や酒を呑むために、広小路で稼ぐ大道芸人らがくる刻限にはまだ少し間があった。亭主が、湯気のたつ鍋の煮炊きの具合を見ていた。

天一郎は、土間から夕日に染まった築地川へ目を投げた。

「春世さんとお杵は胸をひと突き。充治は自らの首をひと掻き。ためらい疵もなかったと聞いている。初瀬さんは、手代にしちゃあ見事な腕前だ、と感心していたが、あれは手代にできることではない。玄人《くろうと》の仕業だ」

「それで、十三蔵が十年ぶりに汐留に現われたんですか」

和助は三流に言った。だが、三流は太い腕を組んで黙っていた。

「天一郎さん、町方に木更津の傀儡師がいたと、知らせるのですか。このままにしてはおけませんよね」

「すべては推量だ。推量を裏づける確かな証は、何もない。そもそも充治がやった無理心中が狂言だったという証さえないのだし、何よりも、充治が無理心中におよんだその場にいた船頭の徳助が、充治に間違いないと言っているのだ」

「そ、そうですよね」

「町方に届けても一笑《いっしょう》に付されるだけだろう。ましてや、木更津の傀儡師と無理心中を結びつけるには、無理がある。しかし、このままにはしておかない。末成り屋は読売屋だ。この読売種を放っておけるものか」

「そうだ、賛成です。この読売種は売れますよ」

玄の市が膝を、ぽん、と打った。

「修斎、三流、向島心中の二番目を出すぞ。和助、前に言ったな。向島心中はなかった。こいつは仕組まれた狂言だ。二番目はその狙いで売り出す」

三流は、じっと黙りこんだままだった。

十

木更津の傀儡師、大江戸操り狂言・向島心中、恨みの顚末。

さてもこの狂言の舞台は佃の北の向島でござる。ときは安永《あんえい》四年、春正月晦日。

木挽町森多座正月興行は義経千本桜楽日にて候。

日本橋本両替町両替商・真円屋。その名も手代の充治なる者に番頭・又左衛門が命じた接待役は、森多座楽日の芝居見物に招かれた本所の御家人……


という調子で始まった読売が、半紙二つ折りを重ねた四枚だての八文で、木挽町を皮きりに売り出されたのは、翌日の昼だった。

修斎の描いた一色摺りの絵が、引き文句の背景に描かれてある。

向島の浮洲《うきす》に蘆荻がはえ、浮洲の手前の海に屋根船が浮かび、屋根船の三枚だての障子戸が一枚はずれていて、そこから屋根船の中の惨劇がのぞける図だった。

屋根船の中には、胸から血をあふれさせ苦悶の顔の女が二人倒れ、真円屋のお仕着せを着た充治が、同じく真円屋のお仕着せを着けて手拭を頰かむりにした男に、出刃包丁で首をかききられているむごたらしい様が描かれていた。

充治は両手を後ろ手に縛られ、首からは血が噴き、絶叫の表情で、さらに、船頭の徳助が船の手前の海を漂っていた。

そして、屋根船のすぐ後ろには、もう一艘の船影が並ぶように浮かんでいて、そこに黒い二人の人影も描いてあった。黒い血のように墨を走らせた夜空には、星が妖しくきらめいている。

和助が手伝いの芸人を従え、置手拭に字突きで読売をぽんぽん叩きながら、

「向島心中、恨みの顚末は、向島心中、恨みの顚末は……」

と売り歩くと、たちまち人だかりに囲まれた。

とにかく修斎の凄惨《せいさん》な殺しの絵が、人目を引かずにおかなかった。

一方、天一郎はそのころ、本所の市川繁一の屋敷を訪ねていた。心中の一件でわかった事情と天一郎の推量を交え、末成り屋の読売にして売り出した経緯を伝えるためだった。

市川夫婦は悲嘆の涙にくれ、「おのれ、又左衛門。捨ててはおかぬ」と激怒したのを、「これは推量です。確かな証は見つかっておりません。今はまだ何とぞ、お心静かに」と、なだめるのに苦労した。

市川が謝礼を払うというのを、「このような下世話な読売種にして売り出したのです。謝礼はこれにて十分です」と断って屋敷を出た。

船で三十間堀まで戻ってきたとき、空は暗くなり、遠くで雷が鳴っていた。

冬を思わせる冷たい風が、川面にさざ波をたてた。

「空が暗くなって冷えてきた。ひと雨きそうだね」

天一郎は茶船の船頭に言った。

「ここんとこ、穏やかに春めいた日が続いて、もうすっかり春かと気分が変わっておりやしたが、まだまだ寒い日がありやすね。仕事柄、寒い日は応えやす」

新シ橋の河岸場で茶船を下り、築地川沿いの末成り屋の土蔵に戻ったのは夕方の七ツすぎだった。

和助がすでに戻っていて、一階の板敷で、修斎、三流、和助の三人が、この数日は火を入れていなかった火鉢を囲んでいた。

火鉢には炭火が熾り、冷えた土蔵をほのかに暖めていた。

「天一郎さん、お帰りなさい。大あたりです。やりましたよ。向島心中の二番目が大あたりをとりました。摺り増しをするかどうか、天一郎さんに決めてもらうために、戻ってくるのを待っていたのですよ」

和助が出迎え、小躍りするように言った。

「そうか。大あたりか。それは上々。ご苦労だったな」

「だがな、天一郎……」

と、修斎と三流は少し浮かぬ顔だった。

「四半刻ほど前、初瀬さんがきてな。天一郎はいるかと、すこぶる不機嫌だった」

「この読売は天一郎の指図か、とちょっと睨まれた」

「尾張町のいつもの料理屋で待っているから、戻り次第顔を出せと言っとけ、と喚いて戻っていった。とにかく、機嫌が悪かった」

「もうきたか。くるのはわかっていた。思っていた以上に早いのは、読売が大あたりした証だな」

「天一郎さん、わたしもいきましょうか」

「ひとりで大丈夫だ。こういうときはひとりの方がいい。任せろ。摺り増しの件はこれから初瀬さんとの相談次第だ。明日、市川家の様子と一緒に報告する。今日は仕舞いにしよう。みな一睡もしていない。今夜は身体を休め、また明日だ」

天一郎の平然とした素ぶりに、三人は顔をゆるませた。

それぞれの仕事の片づけをしてから出る三人を残し、天一郎が先に末成り屋を出たとき、黒々とした夕刻の空から雨が降り出していた。

土蔵の戸前は薄暗くなり、堤道の柳の木や築地川に灰色の雨が煙った。

冷たく湿った風が、柳の枝をゆらした。

雷が、まだ遠くでとどろいていた。

天一郎が黒い夕空を見上げ、蛇《じゃ》の目《め》を勢いよく差しかけると、降りそそぐ雨に蛇の目が、ざざ……と鳴った。


それより半刻前、末広河岸の貸船《大迫屋》の船頭・徳助は、本両替町にある両替商・真円屋の勝手口を入った土間で待たされていた。

土間は大きく、竃が三つある台所の土間では大勢の使用人が働いていた。

白い湯気が、勝手口にぽつねんと佇む徳助に見えていた。

ほどなく、大柄な三十前後と思われる手代が、勝手口に現われた。

「おまえか、船頭の徳助は」

手代は胡麻塩の薄い髷を月代にのせた老いた徳助を、頭から睨み下ろした。

「へえ。徳助でございやす」

徳助は腰を折り、縞の半着に鼠色の股引を着けた小柄な身体を、さらに縮めた。

「番頭の又左衛門さんに、おまえがなんの用だい」

「へえ。先だっての、こちらの手代の充治さんが、ちょいと妙な事になったあの件で、番頭の又左衛門さんに、お知らせしておかねばならねえことを思い出しやしたもんで、おうかがいいたしやした」

「何を思い出した。わたしが又左衛門さんに伝えておく」

「へえ。でやすが、それは又左衛門さんにだけお知らせいたした方が、よろしいかと思いやす。ほかの方にお伝えして、万が一、又左衛門さんにご迷惑をおかけするような事態になっては、相すまねえことだで」

ううん？　――と、大柄な手代は眉をひそめ、訝しげに首をひねった。

「貸船の大迫屋、だったな」

「さようでございやす。大迫屋で十年以上、船頭をやらせていただいておりやす」

「店はどこにある」

「末広河岸で、ございやす」

「末広河岸？　ああ、小網町のか。ずいぶん遠いな。わざわざそんな遠い貸船屋に頼んだのか」

手代は怪訝《けげん》そうに言った。

「又左衛門さんが、ご自分でお見えになられやして、ご注文をいただきやした」

「充治の、無理心中にかかわることか」

手代が、周りに人はいないのに声をひそめた。

「へえ。手代の充治さんのことで、又左衛門さんのお耳に……これ以上先は、お許しを願えやす」

十一

それから二刻近くがたった夜の六ツ半、真円屋の番頭・又左衛門と美濃永山家の勝手方《かってかた》・千倉帯刀《ちくらたてわき》という侍が、三田町三俣の金平の店にいた。

二人を前に端座した金平が、腕組みをし、歪めた唇に長煙管を咥《くわ》えていた。

その三人の間に、四枚だて一色摺りの読売が、無造作に投げ捨てられていた。

読売の一枚目に、《木更津の傀儡師、大江戸操り狂言・向島心中、恨みの顚末》の引き文句が読め、修斎の描いた男と女の惨殺の絵が、行灯の明かりに照らされ不気味に見えていた。

夕方の七ツすぎから降り始めた雨は止む気配がなく、板戸をたてた外の庭を、ざわざわ、と騒がせていた。

「船頭の徳助が言うには、亡骸を見たときは、充治と名乗った手代だと思いこんでいたから、この男に相違ないと町方に伝えた。だが、この読売に書いてある事情を読んでみると、そうか、そうだったかと、自分の勘違いに気がついた。あの日、わたしの指示通り三十間堀の新シ橋の河岸場で、充治という手代と女二人の客を屋根船に乗せ、充治に言われた深川の八幡橋へ向かった」

金平は腕組みをとき、灰吹きに煙管を、こん、とあてて吸殻を落とした。

「で、一件が起こって、船頭は充治に道連れにするぞと威され、海に飛びこんで逃げた。充治の亡骸を町方の指図で確かめたのは、一刻をすぎてからだ。女二人は間違いなかった。充治の亡骸を町方の指図で確かめたのは、一刻をすぎてからだ。女二人は間違いなかった。充治も首から噴いた血で汚れていたが、間違いないと思いこんだ。違っているとは、思いもしなかった。だが亡骸は新シ橋で乗せた男ではなかった。とんでもない間違いをしたことに、この読売を読んで気づいたそうだ」

「それで？」

と、金平は煙管を指先で玩《もてあそ》び、また腕を組んだ。

「それで？　そんなよそよそしい言い方をされては困るね、金平さん。徳助はね、町方にそれを申し入れる前に、わたしにひと言、断りを入れておこうというのできたのだよ。この読売のせいで、船頭に気づかれてしまったのだよ。これは末成り屋という読売屋が売り出したものだ。読売屋などただの無頼の輩と思っていたが、末成り屋は妙な読売屋らしい」

「妙な、と言いやすと？」

「元侍の浪人どもが営んでいる読売屋でね。よその読売屋が向島の一件を売り出さなくなったころに、一件を根掘り葉掘り訊き廻って、ほじくりかえしているようでね。わたしのところへもきたし、徳助のところへもいっている。たぶん、充治の女房にも訊いているだろう」

おほん、と金平が咳払いをひとつした。

「わたしの名が出るのは仕方がない。充治に市川春世の接待役を命じたのはわたしだからな。だが、金平さんと木更津の傀儡師の名が出ているのには驚いた。末成り屋はどうやってここを嗅ぎつけた。あんたらは、玄人の仕事人で、誰にも気づかれない手はずではなかったのかね」

「わが永山家の名前も、出ておる」

と、永山家の千倉帯刀が口を挟んだ。

「お家は数年来、真円屋に借金をしておる。読売には、又左衛門と貸付相手とが裏で不正なつながりがあるかのように臭わしておる。ご重役の目に触れたら、真円屋とのかかわりに調べが入らないとも限らない。そうなっては困る。えらい事になる恐れがある」

「千倉さま、それは大丈夫でございます。永山家以外の貸付先も含めまして、帳簿その他、どんなお調べが入りましても、手落ちのなきよう処理をいたしております。わが貸付掛と永山家の間に不明金はいっさいございませんので、ご安心ください。それより心配なのは、玄人の仕事人の金平さんの方だ」

又左衛門が膝を進めた。

「高い金を払って木更津の傀儡師に任せた。わたしの方も、ずいぶん無理な事をした。それが、玄人の仕組んだからくりが読売屋ごときにいとも簡単に見破られた。大丈夫なのか。町方が動き出したら、どうなるのだ」

「落ち着いてくだせえ、又左衛門さん」

金平はそう言って、また煙管に刻みをつめ火をつけた。

煙管を二息吹かして、灰吹きに雁首《がんくび》を打ちあてた。

「たとえ町方がきても、うちに木更津の傀儡師などという怪しい者はおりやせん。どうせどぶ鼠みたいな読売屋が、どっかから根も葉もない噂を聞きつけた。売れさえすればいいと、証もないのにそいつを読売にして売り出した。そんなでたら目な読売を真《ま》に受けて、町方が御用提灯ぶら提げて押しかけてきたら、町方はただ大恥をかくだけですぜ」

金平は火の消えた煙管を咥え、吸口を大きな歯でがりがりと噛んだ。

「又左衛門さん、千倉さん、よおおく、この読売を読んでくだせえ。確かに、ごみ溜めをあさるどぶ鼠が面白おかしく書いていやがる。けど、この読売のどこに証が書いてありやすか。誰が木更津の傀儡師を見た、誰から聞いた、と書いてありやすか。どぶ鼠どもは、ただ、証もねえのに推量していやがるだけなんですよ」

「で、では、なぜ、末成り屋はここを嗅ぎつけたのだ。木更津の傀儡師がここにいたことをだ。何かをつかまれているのでは、ないのかね」

金平は煙管を咥えたまま、にやにやしている。

「あり体《てい》に言いやすとね。森多座で木更津の男が見られたんでやすよ、あの日に。くそどぶ鼠が。それを嗅ぎつけやがったらしい」

「ええっ」

又左衛門と千倉が、驚きの声をそろえた。

「心配はいらねえ。仮にですぜ、向島の一件にかかわりのある男と似た男がここにいたという差口《さしくち》があったとしてもですぜ。ここは遊び場だ。いろんな男たちが毎日くる。そんな男たちを、一々覚えていられるわけがねえ。どうぞ存分に、木更津の男でも女でも、家探ししてくだせえと言えばいい。それだけじゃねえですか」

「木更津の男は、もういないのだな」

「おりやせん。安心してくだせえ」

と、金平が懐に両手を差し入れ、前襟の間から腹に巻いた晒《さらし》が見えた。

「ただし、やらなきゃあならねえことが、二つありやす」

ふむ——と、又左衛門が頷いた。

「徳助の証言が鍵だ。よろしゅうございやすか。新シ橋の河岸場に春世らを連れて現われた充治が、向島の無理心中で死んだ充治だと、徳助が言い続ける限り、森多座で見られた木更津の男は、向島の一件とは何のかかわりもねえってことになるじゃありやせんか。なぜなら、木更津の男は新シ橋の河岸場に、春世らを連れてきた充治とは違っているから、心中しちゃあいねえんでしょう」

金平は唇をぺろりと舐めた。

「要するにだ、徳助の証言さえくずれなきゃあ、木更津の男だろうが傀儡師だろうが、そいつが狂言を仕組んだなら、死んでいなきゃあならねえことになるじゃありやせんか。死んだのは間違えなく手代の充治なんだから、向島の一件とは逆に、かかわりがねえ証になるじゃありやせんか」

「あ、ああ、そうだ。そうなるな」

「だから、徳助には間違いなく森多座にいた充治が無理心中でくたばった充治だったと、言い続けさせなきゃならねえ。徳助の口をふさぐか、抱きこむか、そっちは又左衛門さんと千倉さんの仕事ですぜ。いずれ始末するにしても、今はまずい。又左衛門さん、徳助の方は金でけりがつけられやすね」

「できる。徳助は大丈夫だ。徳助は金目あてに、これを持ってわたしのところにきたのだ。金であの男の口はふさげる。二つ目は……」

「もうひとつはこっちの仕事だ。末成り屋を、つぶしやす。やつら、証もねえのになんでそこまで推量しやがったか、腹が読めねえ」

　と、金平は読売を煙管で指した。

「どぶ鼠みてえにあさり廻りやがって、うるせえやつらだ。どうせいかがわしい読売屋が他人の恨みを買って襲われた、あるいは喧嘩になった。よくあることだ。誰も怪しみはしやせん」

「つぶすとは、殺《や》るのか」

又左衛門が質し、千倉は心配そうに睨んでいる。

「末成り屋の天一郎とかいう頭を、殺りやす。あとのやつらは、所詮《しょせん》、雑魚《ざこ》だ。それで腰を抜かすはずだ。どぶ鼠の読売屋に、物騒《ぶっそう》な一件に首を突っこんだ報いを受けさせ、後悔させてやるんでさあ。やつらがいきがって、一体誰を相手にしたか、思い知らせてやるんでさあ」

「こんな読売が出たときに頭を殺って、かえって町方に疑われる恐れはないか」

「そりゃあ、疑われやすよ。けど、又左衛門さん、こいつらをのさばらしておくのは、町方に疑われるよりもっとやっかいじゃありやせんか。こいつらを放っとくとしつこく嗅ぎ廻って、また次の読売を売り出しやすぜ。次は、向島の無理心中が又左衛門さんの差し金だって、はっきりと書くかもしれやせんぜ」

又左衛門が金平を睨んだ。

金平が声を上げて笑った。

「大丈夫でさあ。徳助の証言さえ変わらなきゃあ、この一件は変わりようがねえんだ。あとのことはあっしらに任せなせえ」

又左衛門と千倉は顔を見合わせ、頷き合った。

「殺るのはいつだね」

「巧遅《こうち》は拙速に如《し》かず、と言いやす。具合よくいい雨が降っていやがる。雷も聞こえておりやす。まさにときは今だ。今夜やりやす」

「わたしらが、火の粉をかぶらぬように、くれぐれも頼むよ」

「何を仰っているんです。読売にここまで書かれて、火の粉はとっくにかぶっておりやすぜ。こうなったら、腹をくってやるしかねえんでさ」

庭を叩く雨が一段と激しさを増し、どろどろ、と雷が鳴った。


しかし、十三蔵と手下の猫助と牛吉は、まだ金平の店にいた。

金平は、又左衛門と千倉帯刀の供の提げる提灯の灯が、夜の雨の彼方に消えるのを見送ってから、十三蔵ら三人と相談役の浪人・千寿万右衛門と赤根蔦次郎を、ざわざわ、と雨が庭を叩く同じ客座敷に呼んだ。

わずか一灯の行灯の薄明かりにくるまれて、金平の渡した読売を十三蔵が読んでいた。十三蔵は読売を読み終えると、「くそがっ」と吐き捨てた。

「そういうことだ」

金平は腕を組み、ぼそ、と唇を歪めた。

猫助と牛吉は字が読めず、十三蔵の後ろにいて、千寿と赤根が順に読売を読んでいる間、十三蔵の指図をただじっと待っているのみである。

「十三蔵、潮どきだ。高が読売と、侮っているわけにはいかねえ。ぐずぐずしていたら、何が起こるかわからねえ。江戸を出ろ。明日朝じゃなくて、この雨にまぎれて今すぐ発《た》て。木更津に戻って、すぐ旅廻りに出るんだ。またしばらく、江戸とはお別れだぜ。名残りは惜しいが、別れの酒も酌み交わさねえ」

「あの野郎……」

十三蔵は行灯の明かりが届かない部屋の隅へ目を投げ、怒りを抑えていた。

その様子を見つめ、金平が言った。

「木更津の傀儡師の仕事はすんだ。おめえは玄人だ。江戸のことは忘れろ。女房と倅のこともな」

女房と倅、と言われ、金平を見かえした十三蔵の目がぎらぎらと光っていた。

しかし金平は、十三蔵の後ろの猫助と牛吉に声をかけた。

「おめえらもよくやった。ちいと不運だった。なあに、仕事とは元々こうしたもんだ。穴のねえ仕事なんて、ねえんだ」

猫助と牛吉が黙ってうな垂れた。

「親分、われらは何をやる」

千寿が言った。赤根は読売をまだ読んでいた。

「築地川沿いの末成り屋の場所はわかりやすすね」

「おお」

「末成り屋の天一郎を、始末してもらいやしょうか。こいつらにこれ以上嗅ぎ廻らせるわけにはいかねえ。とんでもねえ手間をとらせやがって。天一郎の命は手間代だ。どぶ鼠どもに、高くついたことを思い知らせてやるんでさあ」

「天一郎ひとりで、いいのか」

「今夜のところは天一郎ひとりで。姿を見られねえように、よけいなこともいっさいしねえように、綺麗に頼みやすぜ」

「心得た」

千寿がこたえた。

「十三蔵、すぐ支度にかかれ」

金平が低く太い声を這《は》わせた。

第四章　汐留橋《しおどめばし》

一

「天一郎、てめえ、どういう了見だ、こいつは」

と、尾張町の料理茶屋《滝田》の二階座敷に天一郎が入るや否や、初瀬十五郎が読売を投げつけた。

天一郎は読売を拾い、「あらあら……」と戸惑っている案内の仲居に膳の支度を頼んで初瀬の前に端座した。

格子の窓にたてた障子戸が、外の薄明るさをわずかに映していた。

ただ、《滝田》に着いたときには雨は本降りになっていて、雨空の彼方で鳴る雷の音もとき折り聞こえてきた。

「おめえらがそいつを売り出したせいで、午後は番所中がこの読売の話で持ちきりだったんだ。木更津の傀儡師の噂を、この読売に誰が流したってな。殊に鍋島《なべしま》の野郎が、いかがわしい読売屋とつるんでいる腐れがいるからよ、とおれの目の前で目一杯いやみを言いやがった。まったく、鍋島だけは癇に障るぜ」

鍋島とは、南町奉行所臨時《りんじ》廻り同心で、定町《じょうまち》廻り同心の初瀬とは、どういうわけか仲がひどく悪い。

「ま、鍋島さまは、ああいう方ですから。初瀬さまがお気になさることは、ありませんよ。おつぎいたします」

天一郎が提子をとって、初瀬の盃に差した。

「馬鹿野郎、他人事みてえに言いやがって。おめえのせいじゃねえか。木更津の傀儡師が江戸に入った噂があると、ここだけの話だぜと言ったろう」

「ですが、旦那、ただの噂、ここだけの話、と言われているからこそ読売種にするのが、いい加減でいかがわしい読売屋の性根じゃありやせんか。旦那とは、いつだってそういう調子で、おつき合いさせていただいているじゃありやせんか」

「事と次第によるだろう。おれはな、天一郎はそこら辺の機微を心得た男と見こんだから、こうやって酒も呑むんだ。こいつはいかがわしい読売屋だが、じつは役にたつできる男だと、おめえのことを買っているんだぜ。それがこの読売のせいで、おれの立場はひどく具合の悪いことになっちまった」

「相すいやせん。初瀬さまのご厚意を台なしにいたしやした。お詫びに、今夜はあっしにお任せください。芸者を呼んで、ぱっとやりやしょう。ぐずついた天気を呑んで騒いで晴らしやしょう」

今夜は、と言うが、初瀬と呑むときはいつも天一郎持ちである。帰りには必ず、白紙に包んだ心づけを握らせる。

「ちぇ、調子のいい野郎だぜ。ところで天一郎、これに出ている筋書きは、どういうところからひねり出した。三俣の金平は三田の顔利きだぜ。こいつを怒らせると恐いぜ。向島の一件は、金平の店にひそんだ木更津の傀儡師が、無理心中に見せかけて仕組んだ狂言ということだが、ずいぶん大胆な推量じゃねえか。なんぞここに出ていねえ裏が、あるのかい」

「裏というのではありやせんが……」

と、森多座で市川春世の接待役をしていた手代の充治を見た者が、後日、その充治を見かけた話から始まる経緯を話すと、初めは黙って聞いていた初瀬が、ふん、と鼻で笑った。

「で、その三流の女房の、前の亭主の十三蔵って野郎が木更津からきた傀儡師だから、おれから聞いた木更津の傀儡師と無理やりくっつけたのかい。どうせそんなことだろうと、思ったぜ」

初瀬はにやにやして言った。

「いいか、天一郎。その推量はあり得ねえ。無理なんだ。手代の充治が、新シ橋の河岸場に春世とおつきのお杵を連れて現われ、向島の海で女二人の胸を刺し、てめえの喉をかききった。船頭の徳助が見てんだ。生きてる充治と骸《むくろ》になった充治の両方を。おれが本湊町で徳助に確かめさせたんだ。間違えなく充治だなって。おめえだってあのとき、野次馬の中にいたじゃねえか」

いいか――と、初瀬は盃をきゅっと鳴らして続けた。

「春世とお杵の胸を出刃包丁で刺した充治が、木更津の傀儡師の十三蔵という男だったらだ、木更津の傀儡師はもうとっくに死んでいるはずじゃねえか。徳助は骸を見て、こいつに間違えねえと言ったんだ。読売にあるとおり、充治が入れ替わったってえなら、別々の人間を同じ人間と、徳助は見間違えたってえのかい」

「ええ、そうじゃねえかと……」

「そんな馬鹿な。ねえねえ。あり得ねえ」

初瀬は掌を天一郎の顔の前でひらひらさせた。

「それからな、ついでにもうひとつ忠告しといてやるぜ。この読売で、真円屋の貸付掛の不正を手代の充治が見つけて、誰が、とは書いてねえが、充治を消すために無理心中の狂言が仕組まれたんじゃねえか、みてえに臭わしてあるが、だ」

天一郎は初瀬の盃に酌をした。

「真円屋は大店の両替商だ。両替商と言やあ勘定方だ。勘定方のご重役に真円屋の主人が、末成り屋なる胡乱《うろん》な読売屋に根も葉もない迷惑な噂を江戸市中に言い触らされ困っております、と訴えたら、勘定方が不届きなる読売屋、けしからん、と乗り出してくるかもしれねえぜ。相手は御公儀勘定方。町方のおれが幾らかばっても歯がたたねえ。そうなったら、覚悟するしかねえんだぜ」

「ご忠告、ありがとうございます。いかがわしき読売屋、どんなお叱りも受ける覚悟でございます」

「まったく、おめえら読売屋は堪《こた》えねえな。のどかでいいぜ」

と、初瀬は盃を勢いよくあおった。

夜更けの四ツすぎ、尾張町から末成り屋の土蔵へ戻った。

雨は小降りになるどころかいっそう強まっていた。稲光が夜の帳を引き裂き、雷鳴が築地川沿いの界隈を震わせた。

風も吹いて、着物の裾を端折ったが、末成り屋に着いたころは濡れ鼠だった。

天一郎が戻る少し前まで三人の誰かが仕事をしていたのか、土蔵にはかすかな生ぬるさが残っていた。

修斎の絵双紙《築地十三景》の仕事が、向島の一件が起こってから中断になっていた。

ただ、火鉢は冷たくなっていた。

行灯に明かりを灯し、濡れた羽織や小袖を寝間着代わりの帷子《かたびら》に着替え、紺縞の半纏を羽織った。

それから竈で薪を燃やした。床の羽目板をはずして炭をとり出し、竈の火で炭火を熾した。熾した炭火を、文机の傍らの火鉢に入れた。酔い覚ましの茶を喫するため、火鉢の五徳に鉄瓶をかけた。

そうして、藺で編んだ円座に着いた。

行灯の淡い火影が、文机の古い読売を映し出した。《おさん茂兵衛《もへえ》》の心中物の歌祭文《うたざいもん》である。向島無理心中の読売は、これを手本にした。

うやまって申し奉《たてまつ》る、これは都の大経師、おさん茂兵衛の物語、せつなき恋の仲だちや、玉も如何と思へども、若きは誰もある習ひ……


と、大経師《だいきようじ》歌祭文は始まる。

天一郎は酔い疲れを覚えながら、字面をゆっくりと追った。

外の雨が土蔵の瓦屋根を騒がせていた。とき折り夜空にとどろく雷鳴が、天一郎の物覚えを気だるく呼び覚ました。

しかし、またすぐに天一郎の物覚えは薄れていった。

火鉢の鉄瓶が湯気を上げていた。

熱い茶が飲めそうだ、と思いながら、ざあああ、と降りしきる雨の音の中で、天一郎は深い水底へ引きこまれていくようなまどろみに落ちていった。

そのとき、二階の真っ暗な切落口より、足音を忍ばせ階段を下りてくる影があった。影は二つ。袴に二本差しで、目だけを出した覆面頭巾をかぶって、暗い中でも顔を隠していた。

二人の踏み締める板階段がかすかに鳴ったが、土蔵の瓦屋根を叩く雨の音が足音を消していた。

一階の行灯の明かりが、階下の板敷を薄く、ぼんやりと照らしていた。

先に下りてゆく影のひとつが、階段のわきから一階の行灯の方をのぞき見た。

壁ぎわに二台並んだ文机のひとつに、紺縞の半纏が見えた。半纏は文机に俯《うつぶ》せになって凭《もた》れこんでいた。

半纏にくるまり、末成り屋の天一郎がうずくまっているのがわかった。

傍らの火鉢で、五徳にかかった黒い鉄瓶が、盛んに湯気を上げていた。

「見えるか」

後ろの赤根蔦次郎がささやいた。

「具合よく眠った。今だ」

前の千寿万右衛門が、階下をのぞいた格好のまま、ささやきかえした。

千寿と赤根は、一歩一歩、階段を下りた。

階段を下りたところで、紺縞の半纏が少しも動かぬのを確かめた。

「よく眠っている。慈悲だ。気持ちよく眠ったまま、逝《い》かせてやろう」

千寿の目が笑っていた。半纏の後方へ忍び足を進めつつ、鯉口《こいぐち》をきった。同じく赤根の板敷を踏む忍び足と鯉口をきる音が、雨の音にまじった。

ざあああ……

そこに、竈の火が小さく燃え残っている台所の明かりとりに、稲光に照らされた青白い夜空と雨が、一瞬見えた。続いて、雷鳴が千寿と赤根をくるんだ行灯の明かりを細かく震わせた。

二人は動きを止め、半纏の背中を見つめた。

半纏は動かなかった。

千寿が先に抜刀し、赤根が続いた。

上段へとり、つつ、と半纏の背中へ迫った。

文机に俯せているため、天一郎の頭は半纏の後ろ襟の陰に隠れている。

かまわぬ、背中から真っ二つだ。

と、二歩、三歩、と踏み出したときだった。

うん?

千寿はやっと異変を悟った。

後ろ襟の陰に隠れている、と思っていた天一郎の頭がなかった。半纏の袖から出ているはずの手先が見えなかった。

上段にとった柄をぎゅっとつかみなおしたとき、火鉢で湯気を上げていた鉄瓶がないことに気づいた。身体も心も勢いに流された。

だが、もう遅かった。

「きええええっ」

覆面の下で、千寿は吠えた。

打ち落とした一刀の下で、文机にうずくまっていた半纏が、ふわ、と力なく円座にくずれ落ちた。

ああ？

と、刀と千寿の身体が空《くう》を泳いだ。思わず周りを見廻した。

「後ろだ」

赤根が叫んだ。

ふりかえると、階段後方の紙の束を積み重ねた暗がりに人影が立っていた。

光る両の目が、暗がりの中から睨んでいた。

「乱暴な起こし方だな」

影が声を投げ、階段の下の暗がりから行灯の明かりの中に出てきた。

黒帷子に腰に帯びた黒鞘の一本。綺麗に剃った月代に小銀杏《こいちょう》の髷を結い、手には湯気がくゆる鉄瓶を提げていた。

すっと佇んだ長身痩軀を、行灯の薄明かりが絵のように映し出した。

「末成り屋天一郎だな」

千寿が踏み出した。

「殺る」

うおお――と、赤根が続いた。

途端、目だけを出した覆面頭巾へ熱湯のしぶきを浴びせた。

「わああ」

二人は叫び、悲鳴を上げた。続いて熱湯は降りかかった。「あつ、あつ」と手足を躍らせ、ぴょんぴょんと跳ねた。

すると、天一郎が行灯を吹き消し、土蔵が暗闇に包まれた。

千寿と赤根は、表の土間の方へ逃げ、熱湯で濡れた頭巾をむしりとった。

「おのれ、若造。それで勝ったつもりか。これか……」

言いかけた千寿の顔面を、暗闇の中から飛んできた鉄瓶が打った。こぼれた熱湯が胸に垂れた。

千寿は「あちち……」と身をよじり、表の樫の引戸に激しく衝突して、尻餅をついた。隙を逃さず、

「せいやあ」

と、赤根が雄叫《おたけ》びを上げながら天一郎の影へ突進した。

稲光が走り、土蔵の中の三人を映し出した。

一瞬の青白い光の中に見えた天一郎へ、上段から真正面に打ちこんだ。

天一郎はうなりを上げる刃すれすれに身体を沿わせ、軽やかに踏み出した。抜刀しつつ、一撃を赤根の胴に見舞った。

赤根が打ち落とした先に天一郎の姿は消えていた。空を斬った一刀と共に、身体がつんのめった。

堪えきれず、がたがたっ、と膝からくずれた。そして、台所土間の背戸口の板戸を突き倒し、戸外へ転がり出た。

降りしきる雨の中で、赤根は胴を抜かれた激痛にのた打った。

片や、即座に立ち上がった千寿が、踏み出していた。胴抜きに一刀をかざした天一郎へ、上段よりの大袈裟を奇声と共に浴びせかけた。

それを正面で受けとめ、鋼《はがね》と鋼が牙《きば》をむき、火花を散らした。

と、すかさず、千寿の刀身を巻きこみながら下段へ落とし鋭く巻き上げた。

刀身が高々と浮き上がり、切先が天井板に、かつ、と咬《か》みついた。

千寿が天井を仰いだ一瞬、無防備となった胴をひと薙ぎした。

千寿が上げた悲鳴と同時に、さらに刀をかえしながら一歩わきへ踏み出し、身体をくねらせた腰へ打ち落とした。

千寿の身体が海老のように反り、軋みをたてた。

舞いながら両膝を折り、階段へ頭から突っこんでいった。

それから、最後のうめきを発して仰のけに倒れた。

「だああっ」

そのとき、勝手口から必死に起き上がった赤根が、天一郎の傍らより再び襲いかかった。ただ、その太刀は初めのそれより明らかに鈍かった。

天一郎は易々と反転し、一撃を躱《かわ》した。

黒帷子の身体をしならせ、翻した一刀で赤根の首筋を打ち据えた。

赤根は刀を落とし、首をすくめて前へ数歩よろめいた。小さな喘《あえ》ぎ声をもらしていた。両膝をついた。身体を小刻みに震わせた。前のめりに倒れ、さらにしばらく、身体を震わせ続けた。

天一郎はかまえをとき、刀をわきに垂らした。

身体を震わせている赤根から、階段の下で気を失っている千寿を見やった。赤根の刀は土間に転がり、千寿の刀は天井に突きたったままである。

「しし、知って、いたのか……」

赤根が身体を震わせながら、天一郎を見上げた。

「戻ってきたときから、熱の臭いがした。読売屋は鼻が利くのだ。二階にいるのがわかっていた。ずいぶん気を昂ぶらせていたな」

天一郎は床下の炭をとり出すとき、桐油紙《とうゆがみ》に包んだ刀もとり出していた。修斎、三流、和助の刀もこの床下に仕舞ってある。

「二人とも峰打ちだ。死にはせぬ。不自由な身体には、なったかもしれぬがな。言え。誰に頼まれた」

「だ、誰でもない。われらの、い、一存だ」

赤根の首筋に、上から今一度、峰打ちを軽くひとあてした。赤根は首をすくめ、

「ああ、やめて、やめてくれ。はは、話すからぁ……」

と、泣き声になった。

二

稲光が走り、ごろごろ、と雷鳴がとどろいた。本降りになった雨が、汐留橋の橋板に水しぶきを上げていた。

一瞬の稲光が、芝口橋の袂の汐留大河岸場に繋がれた船影と、雨が無数の波紋を落とす汐留川を青白く染めた。

三流が修斎と共に末成り屋の土蔵を出たのは、天一郎が末成り屋に戻る四半刻前だった。修斎が《築地十三景》の絵の仕上げをやってゆくと言うので、三流も一緒に残って彫りをやった。

木挽町六丁目で「では、また明日」と、修斎と別れた。

三流は納戸色の小袖を尻端折りに、上に紙合羽を着け、菅笠をかぶっていた。草履に黒足袋の足下は、とっくにずぶ濡れだった。

汐留橋は、木挽町七丁目から芝口新町へ渡し、汐留川にせり出した袖堤から長さ六間、橋幅四間の板橋である。

橋はゆるやかな反り橋で、反りの天辺《てっぺん》に雨が白いしぶきを散らしていた。

風が出ていて、菅笠の下の三流の丸顔を冷たい雨が刺した。

ぬかるんだ袖の堤から石段を上り、汐留橋に差しかかると、濡れそぼった草履が川面へ絶え間なく雨垂れを落とす橋板をぴちゃぴちゃと鳴らした。

ただ三流は、七丁目の土手通りを汐留橋に近づきつつあったときから、浄土が見えるという反り橋の天辺に佇む人影に、勘づいてはいた。

もしかしてそれは、という思いがないわけではなかった。

けれども、三流は歩みを止めなかった。

そうして、橋の上りに差しかかって、それは確信になった。

橋の天辺の黒い影はひとつだった。欄干《らんかん》に寄りかかるようにして、じっと動かなかった。

汐留川の堤端の汐留を欄干越しに見やると、船宿の看板行灯は出ておらず、店の明かりも消え、夜の雨にうちしおれているかのように見えた。

早く戻らねば、となぜか気が急いた。

三流は橋をのぼっていった。紙合羽が雨に打たれて鳴った。

しかし、橋の天辺の人影は動かなかった。

人影とすれ違うところまできた。稲光が走り、雷が鳴った。

その一瞬の稲光の中で、三流と影が顔を合わせた。

編笠の下の十三蔵の顔が、三流を見つめていた。嘲り、蔑《さげす》み、愚弄、そして怒りが、十三蔵の眼差しにこもっていた。

欄干に寄りかかった姿勢のまま、十三蔵は三流が木挽町の土手通りをくるのを、ずっと見続けていたのだろう。

十三蔵は引き廻しの合羽で身体を覆い、股引脚絆、黒足袋に草鞋の拵えで、引き廻し合羽の裾から雨の雫が垂れていた。

「三流、待ったぜ」

雷鳴が途絶えてから、十三蔵が言った。

三流は足を止めた。十三蔵の言葉は、紙合羽を打つ雨の音と同じくらいにどうでもよかった。気にならなかった。

「十三蔵さん、まだ江戸にいたのか」

と、橋の天辺からくだる新町の方を見つめて言った。

「これから江戸を出る。だから、おれのものをとりにきたのさ」

「汐留にあんたのものなど、何もないぞ。道理のとおらない執念深さは、滑稽なだけだ。十三蔵さん、まだわからないのか」

「ふん、食いつめた乞食侍が偉そうに。生意気な野郎だぜ。どうだい、三流、ここで決着をつけようじゃねえか」

「なんの決着だ」

「なんの決着かって言うとだな、どぶ鼠に生きる値打ちがあるかないかの決着さ。そいつをおれがつけてやるぜ」

すると、新町側の橋詰に十三蔵の手下の猫助、そして木挽町側には、いつ現われたのか、牛吉らしき人影が見えた。

二人は橋の両側をふさぎ、三流が逃げられないように備えている。

「十三蔵……」

三流は言った。

「おまえ、木更津の傀儡師と言うらしいな。人の命を、傀儡のように自在に操って始末するのが生業だってな」

「どぶ鼠の読売屋が、ごみ溜めをあさってりゃあいいものを、妙な事を勘繰りやがったじゃねえか。木更津の傀儡師なら、どうなんだい」

三流は、降りしきる雨と暗闇に包まれた十三蔵の影に言った。

「木更津の傀儡師が、わたしを始末するために、ここで待っていたのか」

「ああ、そうだ。おめえは目障りだ。どぶ鼠を見ているとな、苛つくんだ。苛つくから、叩き殺したくなるのさ。醜いどぶ鼠をよ」

「十三蔵、醜いのはおまえだ。おまえはわかっていない。おまえは自分が苛だたしいのだ。おまえの醜い性根が、お佳枝と倅を失ったのだ。失ったものは、とり戻せないぞ。なぜなら十三蔵、年老いたおまえのときは、かえってこないのだ。諦めておのれの死に場所へ帰れ」

一瞬の稲光が走り、寄りかかっていた欄干から身を起こした十三蔵が見えた。

十三蔵は引き廻し合羽を開いて、仁王立ちに立ちはだかっていた。腰に長どすを一本佩《お》び、手甲をつけた両手をだらりと垂らしている。

「てめえ、しゃらくせえ。我慢ならねえぜ」

低く言った十三蔵の顎から、雫が垂れていた。

ぴ、と稲光が闇を引き裂き、雷鳴がとどろいた一瞬が始まりだった。

十三蔵の影から、閃光のような白刃が抜き放たれた。

雨煙が白刃をくるみ、三流の頭上でうなりを上げた。

咄嗟の動きだった。

三流は身体を畳んで十三蔵の白刃をかいくぐり、たんたん、と橋板に水しぶきを上げた。身体を逃がした紙合羽を、追い打ちに斬り上げてくる切先《きっさき》が、ぱあん、と斬り裂く。

ふり向いたとき、鋭い一撃が間髪を容れず襲いかかった。

切先が菅笠を裂いて、額をすっと舐めた。浅いが、三流は仰け反り、一歩大きく引いて、仰け反った体勢を支えた。

そこへ十三蔵の斬り上げが、雨煙を巻いて三流の紙合羽を再び斬り裂いた。

奇声を発し、引き廻し合羽が羽のように翻った。引き廻し合羽の周りで、降りそそぐ雨が乱舞している。

紙合羽の破片が風にあおられて飛び散り、逃げる三流は、背中から欄干へ衝突した。顔を反らした一瞬、眼下の汐留川を稲光が照らした。地獄の深淵《しんえん》が、青白い口を開けているように見えた。

「どぶ鼠が」

十三蔵が喚いたが、激しい雷鳴がかき消した。

すかさず打ちかかる刃から、三流は欄干に沿ってかろうじて身を逃がした。

刃は欄干にあたって、からん、と跳ね飛んだ。

続く横からのひと薙ぎを、防ぐことはできなかった。三流は欄干の下に、仰のけに転倒し、かすめてゆく牙に菅笠を咬み破られた。

「ぶっ殺す」

だがそのとき、無造作に踏み出した十三蔵の膝頭を、三流は捨身で蹴った。わっ、と十三蔵は足をすべらせ、橋板に水しぶきをたてて横転した。

三流は欄干にすがって起き上がった。怒りに顔を歪めた十三蔵が、追いかけるように跳ね起きる。

「逃がさねえ」

降りそそぐ雨の中で、十三蔵が叫んだ。身がまえた十三蔵との間に、三流はぼろぼろになった紙合羽を、ばんっ、と翻した。

一瞬目先をふさがれ、長どすでそれを払ったとき、三流は欄干の上にのぼっていた。稲光が欄干の上の、物《も》の怪《け》のような三流を照らした。

十三蔵はぞっとした。次の瞬間、三流は雷鳴と共に汐留川へ身を躍らせた。

雨風が、堤道の柳の枝をなびかせた。

汐留川の川面に、無数の波紋とさざ波がたっていた。川面は墨を流したような闇に染まっていた。

三流は水面の上へ目を出した。

水草の間に、堤から渡した歩みの板と、杭につないだ《汐留》の屋根船がぼうっと見分けられた。

川底の泥が、三流の足を生暖かくくるんでいた。

暗闇と雨の音にまぎれて、歩みの板によじのぼった。板にへばりついて、河岸場の石段の上を睨んだ。

堤道を隔てた汐留の二階家は、普段でも客が途絶える刻限だが、それとはまた違う深い沈黙と暗黒の中に沈んでいた。

しかし、この雨と雷鳴にもかかわらず、表の二枚の板戸がひとつ開けられ、障子戸が暗がりの中に白く浮かんでいた。

表戸の両側の軒下に、編笠に引き廻し合羽の猫助と牛吉の黒い影が、むっつりと佇んでいた。

三流は、屋根船の艫へ這い上がった。撞木《しゅもく》のついた櫂《かい》を、手探りでつかんだ。汐留の老船頭が、屋根船の櫂を艫の板子に寝かしておくのは知っている。

櫂を抱えて再び歩みの板へ這いつくばり、少しずつ石段へ近づいていった。

歩みの板から四段の石段を這い上がり、堤の柳の下にうずくまった。

猫助と牛吉の様子をうかがった。

二人は小葛を背負っているらしく、引き廻し合羽の背中がこぶみたいにふくらんでいた。頭の十三蔵が、汐留から出てくるのを待っている。闇と雨風のために、汐留の中の物音や人の声などは聞きとれなかった。

三流は柳の木の下から、蛇のように堤道のぬかるみを這った。

猫助は、牛吉ほどではなくとも、大柄だった。

十三蔵の手下になって五年以上、八州廻りをした。江戸へは仕事できた。仕事がすんで急いで木更津へ戻るはずが、珍しく頭が金平の店に長逗留した。

仕事先からはさっさと退散すべきだが、頭は江戸に未練を残した。

頭のこんなふる舞いは、五年以上手下をやってきて初めてだった。

汐留の女将のお佳枝と、頭の倅らしい桃吉という餓鬼のせいらしいことは、猫助にもわかった。内心は、あぶねえな、と思っていた。

一刻でも早く江戸からずらからなきゃあならねえのに、三流というお佳枝の亭主を始末し、倅を連れて木更津へ戻るつもりらしかった。

三流は川へ飛びこんだ。溺れ死んだか、尻尾を巻いて逃げたか、消えちまってどうなったかわからねえ。生きて番所に走りこまれたら、面倒だぜ。あぶねえぜ。早くしてくれよ。

さっきまで、家の中にはお佳枝の甲走った声と頭の怒声が聞こえていた。

「十三蔵さん、お願い。やめて。この子を連れていかないで」

「騒ぐな。騒ぐと桃吉の命がなくなるぜ。桃吉、こい。これからおめえは、お父っつぁんと暮らすんだ」

「だめ、子供に何をするの」

ずるずると引きずる音がして、子供の泣き声が聞こえた。

「うるせえんだ、ばばあ。引っこんでろ」

お佳枝が蹴り倒されたのか、がらがらと何かがくずれる音がした。

「泣くな、桃吉。男は泣くんじゃねえ。おめえはこれからおれと暮らして、一人前の男になるんだ。わかったか」

子供の泣き声は止まなかった。

「わかった、十三蔵さん。わかったから、せめて支度をさせて。雨がひどいじゃないの。すぐすむから」

と、お佳枝が懸命になだめているみたいだった。

「桃吉、我慢をしてね。おっ母さんがすぐ迎えにいくからね。ちょっとの辛抱だからね。すぐに……」

そう言ったお佳枝の忍び泣きが聞こえた。

ぐずぐずと、さっきから支度が続いていた。

猫助は、あぶねえぜ、と思いながら待っていた。

苛々した。牛吉の方を見ると、ぼうっと突っ立っていた。こいつはなんにも、わかっちゃいねえ。溜息が出た。

牛吉から目を戻した。

ぴっ、と稲光が走った。

すぐあと、鋭い悲鳴のような雷鳴があたりをつんざいた。

その刹那《せつな》、猫助は真っ白な光の中で、目と鼻の先に立っている男を見た。ずんぐりとした背の低い男だった。額から血が垂れ、降りそそぐ雨が血を流していた。

男の目が降りそそぐ雨の中で、大きく、獣のように見開かれていた。

三流は猫助の編笠の上から、櫂をふり落とした。

ぶうん、と櫂がうなり声を発したみたいだった。

編笠ごと、猫助の頭蓋はつぶれ、雨のしぶきが舞った。猫助は声を上げる間もなかった。ぐにゃりと身体を折り、尻から落ちて、後ろの壁に凭れた。

それから、ぴくりとも動かなくなった。

牛吉が気づいたのは、雷鳴のあとに猫助が坐りこんだように見えたからだった。

「どうした？」

言った途端、顔面に櫂の一撃を浴びせられ、牛吉は頭が真っ白になった。

次に気がつくと、雨の中に両膝をついて坐りこんでいる自分がいた。

すぐ横に三流が立っているのが見えた。牛吉よりずっと小柄な男だったのに、ぎょろりとした気味の悪い目が、今ははるか上にあった。

うなじへ櫂をしたたかに見舞われ、首ががくりと折れたのがわかった。牛吉は、ゆっくりとぬかるみに俯せた。

最後に見たのは、汐留から出てきた頭の十三蔵と、倅の桃吉だった。雨の音も雷の音も、牛吉にはもう聞こえなかった。

「てめえ、まだいやがったか」

十三蔵が桃吉の手を握り締めて言った。

菅笠と紙合羽に拵えた桃吉は、握られた手を放そうと歯を食い縛ってもがいていた。だが十三蔵の力にはかなわず、ずるずると引きずられてきたのだった。

「桃吉の手を放せ。いやがっているだろう」

三流は櫂をわきへかざし、十三蔵と睨み合った。

表に走り出てきたお佳枝が、雨の中で「あんた」と、三流を呼んだ。

「お佳枝、心配はいらん。桃吉はどこへもやらん」

三流は十三蔵から目を離さなかった。

「十三蔵、しつこいぞ。汐留におまえのものは何もない。桃吉の手を放せ」

「桃吉はおれの倅だ。どぶ鼠、邪魔だ。ぶっ殺すぞ」

「見ろ。おまえの手下はもういない。おまえは終わりだ。わたしが終わりの決着をつけてやる。一対一の勝負だ。こい」

十三蔵は猫助と牛吉を見廻し、唇を歪めた。

「くそが。よかろう」

と、桃吉の手を離した。桃吉が「母ちゃんっ」とすがりつくのを、お佳枝はひしと抱き締めた。瞬間、十三蔵が奇声を上げた。

「りゃあっ」

「とおっ」

三流が叫び、櫂をふりかぶった。

両者が同時に駆け出し、瞬時に肉迫した。

三流の櫂が、ぶうん、と十三蔵を袈裟懸けに打った。

十三蔵はそれを見事に横へ躱して、長どすを縦横にふり廻した。

びゅんびゅんと長どすがうなり、しぶきが煙のように舞い、引き廻しの合羽が右に左に翻った。

三流は、うなる長どすをかいくぐり、躱し、空を打たせた。

十三蔵の長どすが流れた隙に、渾身《こんしん》の横薙ぎを浴びせかけた。

だが、十三蔵は三流の横薙ぎをすくい上げ、素早く躱しつつ空へ泳がせ、すぐさま攻勢をとった。

右から左からと、瞬時の間もなく長どすを浴びせかける。

大柄にもかかわらず、易々と右へ翻り、左へ跳んで、三流は十三蔵の早い動きに追いつけなかった。動きの早さは、明らかに十三蔵が勝っていた。

一度打ちかかると、即座にきりかえされ、続け様に二度、三度、四度、五度と逆襲を浴びた。

次々と休みなく襲いかかってくる十三蔵の攻勢に、打ちかえす隙が見つからなくなっていた。打ち合いながら、ただ懸命に防ぐばかりになって、三流の方がじりじりと後退を余儀なくされた。

「りゃありゃありゃあ……」

長どすを浴びせかけながら、十三蔵が夜空に吠えた。

三流は堤端の石段へ追いつめられた。

十三蔵の打ち落とした一撃を、頭上ぎりぎりに受け止めたときだった。三流の踏み締めた足が、ずるるっ、と後ろへすべった。

背後の石段へ足が流れ、片膝をついて堪えた。

十三蔵は三流の体勢のくずれを見逃さなかった。

足蹴りが、顔面を襲った。

三流は堪えきれず、堤から河岸場の四段の石段を転がり落ちた。しかも、櫂が手につかず、からからと転がった。

「あんたあっ」

お佳枝の叫び声が聞こえた。

歩みの板へ転がり、即座に体勢を立て直した。それより早く十三蔵が雨煙を巻き上げ、合羽をばたばたとなびかせ、空から襲いかかってきた。

頭上からの一撃を身を転じて躱したが、十三蔵の鍛えた身体が、三流を打ち砕くように音をたてて衝突した。

三流がつぶれなかったのは、形は小さくとも分厚く頑丈な体軀だったからだ。

しかし、つぶれなかっただけで精一杯だった。

だだん、と歩みの板を川中へ突き飛ばされ、腰が落ち、仰のけに倒れた。

十三蔵が歩みの板をゆるがし、上から喚いた。

「最期だあ」

真っ赤な唇から白い歯が見え、雨の雫がだらだらと垂れた。

ふり上げた刃が、暗闇の中で真っ白に光って見えた。

そのとき、十三蔵が悲鳴を上げた。顔が苦痛に歪んだ。刀をふりかざした格好のまま、三流を睨み下ろしながら後退《あとじ》さった。

三流は即座に身体を起こし、片膝立ちになった。

しかしそのとき、十三蔵は三流に背を向けた。

後ろに、お佳枝が長どすをかまえて立っていた。

十三蔵の引き廻し合羽が肩から引き斬られ、背中に血が垂れていた。

「お佳枝、てめえ」

その途端、お佳枝が長どすをかまえたまま歩みの板を走り、十三蔵の胸元へ飛びこんだ。

十三蔵がうめき、お佳枝に覆いかぶさるように身体を折った。

かざした刀を、お佳枝に打ち落とそうとした。

「十三蔵」

三流が背後から、十三蔵の長どすをかざした手首をつかんだ。そうして、十三蔵の身体を両手で頭上へ高々と差し上げた。

稲光が走り、雷が鳴った。一瞬の稲光に照らされた十三蔵の身体は、腹に長どすが突きたったたままだった。

三流は十三蔵の身体を差し上げて歩みの板を川中へ数歩走ると、汐留川へ力いっぱいに投げ捨てた。

「終わりだ」

うわあ、と十三蔵が夜空に叫んだ。

汐留川に大きな波がたった。

けれども波はすぐに静まり、やがて、暗闇に包まれた川面に長どすの突き刺さった十三蔵の影が浮かんだのだった。

その影へ、雨が降りそそぎ、雨の音だけが変わらずに聞こえた。

「あんた、大丈夫かい……」

お佳枝が三流に呼びかけた。桃吉がお佳枝にすがっていた。

「父ちゃん」

と、桃吉が三流に言った。

桃吉はおれの倅だと、とそのとき三流は思った。

「お佳枝、助かった。ありがとう。桃吉、すまなかった。恐い目に遭わせたな」

降りしきる雨が、河岸場の三人を濡らしていた。

そのとき、汐留橋の方から呼び声がした。

「三流、そこにいるのは三流か。無事なんだな」

天一郎が、汐留橋に駆け上がったのが見えた。

「ああ、天一郎か。無事だ。お佳枝も、桃吉も……」

三流は、汐留橋の天一郎に大声で言った。

終章　望月《もちづき》

二月《きさらぎ》半ば、望月のころになった。

その日、天一郎は市ケ谷《いちがや》御門の先、裏四番町《うらよんばんちよう》富士見坂《ふじみざか》にある旗本・村井五十左衛門《むらいいそざえもん》の屋敷を訪ねるため、末成り屋を出た。

村井家は母親の孝江《たかえ》が、四歳だった天一郎を連れて後添えに入った千五百石の大身《たいしん》である。

孝江が後添えに入って四年目に産んだ弟の鹿太郎《しかたろう》が村井家を継ぎ、兄ではあっても連れ子の天一郎は、村井家を出て読売屋になったのである。

しかし、村井家を出ても、母親と弟、義父・五十左衛門、五十左衛門の先妻の子の三姉妹ら、村井家とのつき合いが途絶えたわけではない。

その日の用は、急ぎではなかった。今のうちにいっておくか、という程度の用件だった。今日でなくともよかった。

天一郎が三十間堀の新シ橋に差しかかったとき、

「読売屋の、天一郎どの」

と、新シ橋の河岸場に留めた屋根船から、いきなり声をかけられた。

木挽町の広小路と土手通りが辻になった、人通りの多い往来である。

侍は寛《くつろ》いだ小紋模様の小袖を着流した拵えで、仕たてのいい袷《あわせ》だった。

いかにも、裕福そうな老侍に見えた。

「天一郎どの、こちらだ」

と、老侍が手をかざした。

声の調子から怪しい様子は見えなかったから、天一郎は橋の袂の河岸場のそばまできて、屋根船へ会釈を投げた。

「はい。わたくしが読売屋の天一郎でございます。どちらさまで」

「決して怪しい者ではない。読売屋の天一郎どのと、少々話がしたいのだ。よかったら、入らぬか」

侍はにこやかである。綺麗な白髪の小さな髷の様子から、隠居をしている侍ふうにも見えた。

天一郎は戸惑ったが、人の良さそうな老侍の笑顔と、唐突さにかえって好奇心をそそられた。

わかりました、では——と、歩みの板を踏んで屋根船にたて廻した障子戸の中へ入った。

すると、中には酒の膳が二つあって、もうひとり侍がいた。侍は天一郎に微笑みかけた。これは渋茶の袷の小袖で、着こなしも優雅だった。

天一郎に声をかけた老侍よりは若かったが、やはり年配の、身分の高そうな風体だった。脇差と大刀の二刀を、後ろに並べている。

先の老侍が、「いえ、わたしは……」と天一郎が断るのを、「まあ、よろしいではないか」と、艫の船頭にもうひとつ膳を用意するように命じた。

「春ものどかな午後だ。こういう日は、昼間からの酒もいい。末成り屋の頭・読売屋天一郎どのと話がしたくてな」

と、渋茶の侍がにこやかに言い、提子《ひさげ》をとって勝手に呑んでいる。

老侍は天一郎と渋茶の侍が対座した間の、片側の膳につき、これも勝手に呑み始めた。船頭が天一郎の前に、簡単な酒の膳をおくと、

「さ、天一郎どの、気楽にやってくれ」

と、渋茶の小袖が勧めた。

どうやら、渋茶の方が老侍の上役のようであった。

「お名前を、お聞かせ願えませぬか」

天一郎がにこやかにかえした。老侍が、ふむ、と含み笑いをして盃を上げた。

「そう言われるのは、もっともだ。天一郎どののことは、ある者から聞いて前から知っていた。いずれ名乗るときはあるかもしれぬが、さしたる理由はなく、今はまだ名乗りたくないのだ。わたしは名無権右衛門《ななしごんえもん》、この者は……」

「それがしは、名無権左衛門《ごんざえもん》、とでも。うっふっふ」

二人は面白がっている。

「という名ではだめか。胡乱《うろん》に思われるか。ただ、末成り屋の贔屓《ひいき》と思ってもらいたい。これは本心だ」

「いえ。けっこうでございます。読売屋にとりまして、贔屓の方、読売を買ってくださる方が、神さまです。神さまにもいろいろ都合がございますので、お名前を存じ上げなくとも、差し支えはございません」

天一郎は、渋茶と老侍へ笑みを向けた。

渋茶と老侍は、顔を見合わせ、なるほどな、というふうに頷き合った。

「ところで、先だっての向島心中の、末成り屋の読売は興味深く読んだ。家中でも少々評判になった。あれからいろいろな事があったようだが……」

「殺された女の御家人の父親が、町奉行所に訴え出て、本両替町の真円屋という両替商にお調べが入り、貸付掛の筆頭番頭の又左衛門が捕えられました。又左衛門の差し金で、無理心中を装い又左衛門の不正に気づいた手代の充治を殺し、そのために、無関係な女二人まで巻き添えになりました。むごい話です。又左衛門の打ち首獄門はまぬがれぬところでしょう」

「無理心中を装って殺されたというのは、じつに気の毒な話だ」

天一郎は提子を盃にかたむけた。

「では、遠慮なく、いただきます」

「ふむ、やってくれ。天一郎どの、それから?」

「はい。又左衛門と裏で手を結んでいた、美濃永山家の千倉帯刀という勝手方が、召し捕えられたそうです。これも、江戸屋敷か国元へ戻され、切腹か死罪かになると聞いております」

「そうか。死罪ならばその家も改易《かいえき》になるかもしれぬな」

「はあ。しかし、又左衛門とかの番頭のむごい企みに関与していたのであれば、武士としてあるまじきふる舞いですので、やむを得ぬのかも」

老侍が言い添えた。

「木更津の傀儡師、とか申す凄腕の掃除屋がいたな」

「三田の三俣の金平というやくざが、又左衛門の仲介役になって木更津の傀儡師を呼び寄せたのです。又左衛門の狙いに沿って、向島の無理心中の企みを考え、手をくだしたのは、すべて木更津の傀儡師です。金平もお縄になり、又左衛門と一緒に獄門台に晒されるでしょう」

「木更津の傀儡師という凄腕の男が、元の女房に斬られた、というのがいかにも皮肉だったな。どんな凄腕でも惚れた女房には勝てぬ、か」

天一郎は黙って、そう思うのか思わぬのか、曖昧《あいまい》に首肯《しゅこう》した。

権右衛門が天一郎の様子をうかがい、続けた。

「末成り屋のあの読売のせいで、天一郎どのは、金平の雇った無頼の浪人らに襲われたのだろう。相手は十人と聞いたが」

「二人です」

「何、たった二人か？」

「はい」

「天一郎どのが、十人の無頼の浪人どもを、鮮やかに倒したと聞いておるぞ」

「とんでもありません。わずか二人で、それでもあやういところでした。運がよかったのです。ですが、その浪人者が白状し、金平が仲介役だった証ができたのです」

ふうん、と権右衛門がうなった。権左衛門は、ふむふむ、と気持ちよさそうに頷いている。屋根船が午後の三十間堀を、ゆるゆると流し始めていた。

「ところで、天一郎どのは独り身か」

権右衛門が訊いた。

はい――と、天一郎はかえした。

「好いた女子《おなご》がおるのか」

「それは、なんとも申せません」

「なんとも申せぬとは？」

「それはわたしの一存にある思いで、人に話すことではありませんので」

「ああ、天一郎どのの一存にある思い、な」

権右衛門と権左衛門が、また顔を見合わせた。

「わたしには、年ごろの娘がおる。もう娘の歳ではないが、わたしにはまだ童女だったころのままだ。その娘がな、気だては悪くないのだが、女子の身で剣術などに夢中になって、なかなか嫁にいかぬ。それで悩んでおった」

と、権右衛門が天一郎から目を離さずに言った。

「先だって、わが娘にやっと嫁入り話があった」

権左衛門が、さようさよう、と頷いた。

「ところが、娘はもう娘でもないいい歳なのに、いっこうに嫁入り話に気が向かぬのだ。まったくその気がない。どうやら娘には、好いた男がおるようなのだ。どうやらその男は、血筋は悪くはないのだが、身分の低い卑しい暮らしをしておる者らしい。そんな男に、わが娘をやるわけにはいかぬ」

「もっともでございますな。そんな男に、大事なお嬢さまを嫁がせるわけにはいきません」

「ところが、わが娘ながらむつかしい女子でな。父親の言うことを聞いてくれぬ。嫁入り話に見向きもせぬ。どうしたものか、困っておる。天一郎どのは、そういうわがままな娘をどう思う?」

天一郎は盃を上げた。冷たく香りのいい酒をわずかに含み、盃をおいた。

「お困りであるのは、わかります。しかし、わたしには申し上げる言葉がみつかりません」

と、こたえた。

「だが、天一郎どのが感ずるところは、何かあるであろう」

権左衛門が、少々意地悪く言って微笑んでいる。

さようですね――と、天一郎は屋根船の障子戸を開いた三十間堀の町の景色に眼差しを流し、考えた。

「読売屋を始めて知ったことがあります。遠くから見ていたまっすぐな川が、川の畔《ほとり》までゆくと、川はまっすぐではなく、右に少し曲がり左に少し曲がり、白波がたったり鏡のように静かだったり、太くなったり狭くなったりしながら流れているのが、見えるのです。ですから、読売屋は川の畔にゆかねば稼ぎにならぬ、ということが知れたのです」

権右衛門と権左衛門が天一郎を見つめている。

「川の畔へ、もっともっとゆかれればよろしいのでは、ありませんか」

「もっともっと川の畔へか……」

権右衛門は笑みを消さなかった。

「それが、正しき川の姿と、いうわけだな」

権左衛門が愉快そうに言い添えた。

「いえ。正しき、とか、誤り、とかを申すのではありません。もっともっと近寄れば、見えなかったものが見える、感じられなかったことが感じられる、聞こえなかった音が聞こえる、ということなのです。それを見、感じ、聞くのが、わたしども読売屋の、商売でございますから」

天一郎は穏やかにこたえ、腹の中で、それが読売屋の性根でございますから、と言い換えた。

同じ刻限、木挽町二丁目のある裏店を蕪城沢《さわ》右衛《え》門《もん》と幸乃《ゆきの》夫婦が訪ねた。

裏店は末成り屋の売子・唄や和助こと、蕪城和助の住まいである。

和助は、芝三才小路の組屋敷に住む御家人蕪城沢右衛門と幸乃夫婦の四男で、今もそれを幾ぶん気どっているが、十代のころは文金風に拵えて、踝《くるぶし》まである長羽織をひらめかせて木挽町の広小路界隈をうろついていた不良だった。

それが十九のとき、読売屋の売子が面白い、おれならもっとうまく売ってみせると、縁があって末成り屋の売子に雇われ、天一郎たちの仲間に加わった。

独り身である。

ところがその日、銀座町で声をかけなんとなく懇ろになったどこの娘とも知れぬ娘が、帰るところがない、というので和助の裏店に泊まりこんでいた。

家はどこだい、と訊いても、娘は、忘れた、というばかりである。

まあいいか、と和助はちょっとお気楽な気性の男である。末成り屋の中でも一番軽い。それがまた和助の愛嬌になっていた。

若い二人は、その夜、むろん同衾《どうきん》した。娘も、なんの屈託も見せず、そうなるのが当然のように和助を受け入れた。と言って、身を売る商売女には見えなかった。むしろ、お嬢さん育ちの不良娘のように思われた。

色白で小柄なきゅっと締まった身体つきをしていて、顔だちも悪くはなかった。

娘は夜が明けても、出ていかなかった。和助の読本などを勝手に読んで、くすくす笑ったりして面白がった。

「おまえ、どうするつもりだ」

和助が言うと、

「どうしようかな。わかんない」

と、娘は言った。そして、

「お腹すいた」

と、和助を呆れさせた。

仕方がなく、和助が朝飯の支度をし、娘に朝飯を食わせた。よほどひもじかったらしく、娘は飯を三杯もお代わりした。

その日、末成り屋は休みだった。末成り屋は四日おきに休みと決めているが、実情は休みがないも同然だった。まれに「明日は休みにするか」と天一郎が言い、「そうするか」と応じて、臨時の休みになる場合が殆どである。

それがたまたま、その日だった。

朝飯のあと、和助が「おまえ、名前は」と訊いた。すると娘は、

「ううんと、何にするかな。お慶《けい》がいい。お慶にする」

と言って、和助をちょっと怒らせたが、お慶はまったく頓着《とんちゃく》しなかった。

昼すぎ、仕方がなく、広小路へゆくか、という話になった。

「いく。連れてって」

と、二人が出かけようとしていたときに蕪城沢右衛門と幸乃夫婦、すなわち和助の両親が訪ねてきたのである。

「あ、父上、母上も……」

和助は慌てたが、慌ててもどうにもならなかった。

それから半刻ほど、和助は店に上がった両親と向き合い、「おまえ、これからど

うするつもりなのだ」「このままでいいはずが、ありませんよ」と、両親から散々小言を言われた。

父親の蕪城沢右衛門は、和助の後ろでのどかに坐っているお慶と目を合わせ、

「この娘は？」

と、訊いた。

「お慶です。知り合いの娘で、少々わけありで」

和助は誤魔化した。ただ沢右衛門は、お慶の可愛らしい顔に、うふ、と笑いかけられて、強い言葉も言えなかった。

ともかく半刻後、両親はやれやれという様子で帰っていった。

その夜、真っ白な望月が夜空にかかった。

汐留橋の船宿《汐留》は忙しかった。

女将のお佳枝は、客の応対に休む間もなく、汐留の二階家の夜空に望月のかかったころ、三流と桃吉は二人で晩飯をとった。

お慶はどこかの迷い猫みたいに、和助の店に住みついた。

光文社文庫

文庫書下ろし／長編時代小説
向《むこう》島《じま》綺《き》譚《たん》　読《よみ》売《うり》屋《や》　天《てん》一《いち》郎《ろう》㈣

著者　辻《つじ》堂《どう》　魁《かい》

2014年9月20日　初版1刷発行
2020年12月10日　3刷発行

発行者　鈴木広和
印刷　堀内印刷
製本　ナショナル製本

発行所　株式会社　光文社
〒112-8011　東京都文京区音羽1-16-6
電話（03）5395-8149　編集部
8116　書籍販売部
8125　業務部

ISBN978-4-334-76807-2　Printed in Japan

組版　萩原印刷

光文社時代小説文庫　好評既刊

剛剣馬庭　鳥羽亮
奇剣柳剛　鳥羽亮
幻剣双猿　鳥羽亮
斬鬼嗤う　鳥羽亮
斬奸一閃　鳥羽亮
あやかし飛燕　鳥羽亮
鬼面斬り　鳥羽亮
幽霊舟　鳥羽亮
姫夜叉　鳥羽亮
兄妹剣士　鳥羽亮
ふたり秘剣　鳥羽亮
居酒屋宗十郎剣風録　鳥羽亮
獄門首　鳥羽亮
よろず屋平兵衛江戸日記　鳥羽亮
姉弟仇討　鳥羽亮
伊東一刀斎（上之巻・下之巻）　戸部新十郎
秘剣水鏡　戸部新十郎

秘剣龍牙　戸部新十郎
火ノ児の剣　中路啓太
いつかの花　中島久枝
なごりの月　中島久枝
ふたたびの虹　中島久枝
ひかる風　中島久枝
それぞれの陽だまり　中島久枝
はじまりの空　中島久枝
刀圭　中島要
ひやかし　中島要
晦日の月　中島要
夫婦からくり　中島要
ないたカラス　中島要
戦国はるかなれど（上・下）　中村彰彦
蛇足屋勢四郎　中村朋臣
忠義の果て　中村朋臣
野望の果て　中村朋臣

光文社時代小説文庫　好評既刊

黒門町伝七捕物帳　縄田一男編
御城の事件〈東日本篇〉　二階堂黎人編
御城の事件〈西日本篇〉　二階堂黎人編
薩摩スチューデント、西へ　林望
裏切老中　早見俊
隠密道中　早見俊
陰謀奉行　早見俊
唐渡り花　早見俊
心の一方　早見俊
偽の仇討　早見俊
踊る小判　早見俊
関八州御用狩り　幡大介
仇討ち街道　幡大介
風雲印旛沼　幡大介
夕まぐれ江戸小景　平岩弓枝監修
しのぶ雨江戸恋慕　平岩弓枝監修
隠密刺客遊撃組　平茂寛

剣魔推参　平茂寛
口入屋賢之丞、江戸を奔る　平谷美樹
隠密旗本　福原俊彦
隠密旗本荒事役者　福原俊彦
隠密旗本本意にあらず　福原俊彦
鬼夜叉　藤井邦夫
見聞組　藤井邦夫
彼岸花の女　藤井邦夫
田沼の置文　藤井邦夫
隠れ切支丹　藤井邦夫
河内山異聞　藤井邦夫
政宗の密書　藤井邦夫
家光の陰謀　藤井邦夫
百万石遺聞　藤井邦夫
忠臣蔵秘説　藤井邦夫
御刀番左京之介　妖刀始末　藤井邦夫
来国俊　藤井邦夫

光文社時代小説文庫　好評既刊

鹿鳴の声　藤原緋沙子
さくら道　藤原緋沙子
日の名残り　藤原緋沙子
鳴き砂　藤原緋沙子
花野　藤原緋沙子
寒梅　藤原緋沙子
秋の蟬　藤原緋沙子
逃亡（上・下）新装版　松本清張
雨宿り　宮本紀子
始末屋　宮本紀子
きりきり舞い　諸田玲子
相も変わらず きりきり舞い　諸田玲子
信長様はもういない　谷津矢車
だいこん　山本一力
つばき　山本一力
御家人風来抄　天は長く　六道慧
月の牙　決定版　和久田正明

風の牙　決定版　和久田正明
火の牙　決定版　和久田正明
夜の牙　決定版　和久田正明
鬼の牙　決定版　和久田正明
炎の牙　決定版　和久田正明
氷の牙　決定版　和久田正明
紅の牙　決定版　和久田正明